No caminho contaremos nossos sonhos

No caminho contaremos nossos sonhos

SEVERINO RODRIGUES

GLOBOLIVROS

Copyright © 2021 by Editora Globo S.A. para a presente edição
Copyright © 2021 Severino Rodrigues

Todos os direitos reservados. Nenhuma parte desta edição pode ser utilizada ou reproduzida — em qualquer meio ou forma, seja mecânico ou eletrônico, fotocópia, gravação etc. — nem apropriada ou estocada em sistema de banco de dados sem a expressa autorização da editora.

Texto fixado conforme as regras do Acordo Ortográfico da Língua Portuguesa (Decreto Legislativo nº 54, de 1995).

Editor responsável: Lucas de Sena
Assistentes editoriais: Renan Castro e Jaciara Lima
Preparação de texto: Carolina Gaio
Revisão: Vanessa Sayuri Sawada
Capa: Leear Martiniano [Studio DelRey]
Diagramação: Crayon Editorial

1ª edição, 2021 — 1ª reimpressão, 2022

CIP-BRASIL. CATALOGAÇÃO NA PUBLICAÇÃO
SINDICATO NACIONAL DOS EDITORES DE LIVROS, RJ

R616n

Rodrigues, Severino
    No caminho contaremos nossos sonhos / Severino Rodrigues. - 1. ed. - Rio de Janeiro : Globo Livros, 2021.
    136 p. : il.

    ISBN 978-65-86047-39-4

    1. Ficção. 2. Literatura infantojuvenil brasileira. I. Título.

20-67498
                                            CDD: 808.899282
                                            CDU: 82-93(81)

Camila Donis Hartmann - Bibliotecária - CRB-7/6472

Direitos exclusivos de edição em língua portuguesa
para o Brasil adquiridos por Editora Globo S.A.
Rua Marquês de Pombal, 25 — 20230-240 — Rio de Janeiro — RJ
www.globolivros.com.br

"Em tempo algum teve um tranquilo curso
o verdadeiro amor."
Sonho de uma noite de verão

"Só ri das cicatrizes
quem ferida nunca sofreu no corpo."
Romeu e Julieta

"O ciúme é um monstro
que se gera em si mesmo e de si nasce."
Otelo, o mouro de Veneza

"Que palavras de amor
gerem atos de amor."
Rei Lear

BIA

Confusa.
　É assim que me sinto em relação ao futuro. Ao meu futuro.
　Mas, talvez, eu não devesse começar esta história desse jeito. As pessoas preferem saber logo quem está contando, o que faz e o motivo do drama. Então, vamos lá! Prazer, meu nome é Ana Beatriz, mais conhecida como Bia, tenho quinze anos e sou representante do 1º ano A da Escola Estadual Nelson Rodrigues. Não tenho amigos. Pelo menos, essa é a sensação que tenho hoje. Ou desde sempre. E provavelmente para sempre.
　De verdade, não sou legal. A prova é que vivo recebendo elogios. A melhor aluna da classe. A filha que todo professor gostaria de ter. O exemplo a ser seguido. Ou seja, sou chata. Mas não queria ser nada disso. Não queria ser a melhor ou a diferente. Muito menos que meus colegas de sala só me procurassem tão atenciosos na véspera das provas de Matemática, Química e Física. Queria ser cheia de defeitos, meio alienada, até mesmo o mau exemplo da turma. Parar de pensar tanto e agir com raiva também.
　Foi por isso que fiz o que fiz.

Minha cabeça está tão cheia que não consigo nem contar esta história direito, em ordem. Mas vou tentar. Vamos lá de novo!

Hoje, cheguei cedo na escola, fui para a sala e lá fiquei revisando alguns cálculos para a prova de Matemática. Depois chegaram Toni, Karol e Maria Cecília. Juntos. Eles perguntaram se eu tinha estudado muito. Respondi que mais ou menos, embora tivesse passado o final de semana todo com a cara enfiada nos livros. Os três tinham dúvidas sobre uma das questões que poderia cair na prova, e lá fui eu feito besta mostrar como se fazia.

— Ah, agora entendi — foi Toni quem disse.

Nessa hora, o professor José Carlos entrou. Então, cada um tomou a sua cadeira.

— Ordem alfabética decrescente! — comandou o professor.

José Carlos sempre fazia isso. Quando achávamos que ia ordenar a turma em ordem alfabética, ele fazia o contrário. E se, por acaso, um dos alunos que gostavam — ou precisavam — ficar na última cadeira da fila, por motivos óbvios, já se encaminhasse para lá, o professor dava um jeito de conduzir sutilmente o possível espertinho para a primeira cadeira da fila seguinte. A desculpa era a mesma: alegava que as cadeiras já estavam muito apertadas. Na verdade, o motivo era outro: evitar colas, provas coletivas. Essas coisas que o pessoal é especialista em fazer. Menos eu, é claro.

Depois desse trabalho todo para organizar a turma, uns dez minutos perdidos no mínimo, José Carlos finalmente entregou a prova. Papel ainda quentinho, cópias recém-tiradas; entretanto, apenas nove questões dessa vez. Estranhei. Eram sempre dez. A última era um cálculo idêntico ao que eu tinha acabado de ensinar para Toni, Karol e Maria Cecília. Foi a primeira questão que fiz. Garanti logo dois pontos, que era o que ela estava valendo. Mas nenhum obrigado.

Sei que não se deve esperar nada em troca de um favor, mas eu queria pelo menos um "muito obrigado" quando saísse da prova. Os três sempre conversavam depois das avaliações, comparando as respostas, no banquinho do corredor das turmas do primeiro ano. Porém, quando saí da sala, eles não estavam ali. Nem um "obrigado" sem o "muito". Nem um simples "valeu". Nada. Eles não me esperaram. Toni, Karol e Maria Cecília não me esperavam mais.

— Opa!

Pietro segurou meus ombros. Quase esbarrei nele de tão dispersa que estava.

— Desculpa — pedi.

— Bem distraída, hein?!

— Prova de Matemática — tentei justificar.

— Ah, tá explicado.

Ia desviando de Pietro, quando ele me reteve de novo.

— Espera. Vim chamar você.

Não respondi, porém fiz cara de quem perguntava.

— Cris tá convocando os representantes pro sorteio do Festival de Literatura.

Segui Pietro. Ele não falou mais nada. Eu também já sabia qual era o porquê do sorteio. Foi aí que decidi me vingar da minha turma.

PIETRO

— **Confusão** — **disse para Bia** quando abri a porta da sala dos professores, para que ela entrasse primeiro.

E não tinha como pensar em uma palavra diferente quando Cris, de Português, uma semana atrás, anunciou que o Festival de Literatura deste ano iria homenagear William Shakespeare.

Logo em seguida, adivinhando o desejo de todos os meus colegas e como bom representante de turma — sou do 1º B —, me adiantei e avisei:

— *Romeu e Julieta* é nosso.

Porém, Cris não foi nada legal com a gente naquele dia:

— Vamos resolver isso democraticamente.

Quando entrei na sala dos professores, ao lado de Bia, já sabia que a palavra *democracia*, na realidade, significava sorteio.

No sofá, enquanto a professora dobrava uns papeizinhos, Yasmin e Luca, representantes do C e do D, respectivamente, discutiam:

— Não abro mão — disse Luca. — Minha turma quer *Romeu e Julieta*, então eu quero *Romeu e Julieta*.

— Mas Luca, pra sua turma é melhor uma peça com muitos personagens. O pessoal gosta de participar desses negócios, não se fala de outra coisa desde o início do ano!

— Eles querem *Romeu e Julieta*, então eu quero *Romeu e Julieta*.

— Eu já tava pensando em fazer algo diferente, com um Romeu negro, discutindo questões étnicas, dar uma atualizada na história, colocando um olhar mais crítico.

Como vocês podem ver, Luca é diplomático, não quer briga com ninguém, e Yasmin é a engajada da escola.

— Quem vai fazer Romeu sou eu!

— É por isso que farei um sorteio, Pietro — recordou Cris, levantando-se e balançando os papéis dentro das mãos unidas. — Quase excluí *Romeu e Julieta* do Festival. Shakespeare tem um montão de peças legais, e vocês só querem essa.

— Um evento sobre Shakespeare sem *Romeu e Julieta* não faz sentido — argumentei, defendendo a peça que eu tanto queria.

— Eis por que estamos aqui — reforçou Cris. — Vamos sortear quem vai ficar com a peça. Os demais fiquem à vontade para pesquisar outras histórias. Também posso indicar algumas opções.

— Minha turma pode escolher outra — disse Bia, que tinha ficado calada até o momento.

— Sério? — quis confirmar a professora.

— Sim, sem problemas.

— Então, tá.

Cris retirou um dos papeizinhos.

—Apenas um tem o nome da peça. Os outros estão em branco. Concordamos com as regras. Yasmin escolheu primeiro.

— Droga!

Luca, o segundo, e eu, o terceiro.

— *Yes!* — gritei antes que Luca terminasse de desdobrar a escolha dele.

Minha turma ficou com *Romeu e Julieta*! Eu seria Romeu! Pulei, abracei e beijei os outros representantes de turma.

Porém, o beijo que dei em Bia quase pegou na boca. Foi no cantinho. Um quarto de beijo. Ninguém percebeu. Só que fiquei diferente, querendo um beijo de verdade.

YASMIN

Confusos ficaram meus amigos com minhas ideias.

Sou muito acelerada, quero resolver tudo logo. Não é à toa que sou a representante da minha turma, o 1º ano D. Mas a maioria não acompanha meu ritmo, muito menos minhas ideias, principalmente nesses dias em que estou ainda mais ansiosa. No intervalo, já estava pensando no cenário, no figurino, no elenco, dando mil e uma sugestões... e olha que eu tinha lido apenas um resuminho da peça indicada por Cris.

Nessa hora, Diogo entrou, voltando da cantina.

— Diogo! Você vai ser nosso Otelo! — falei, esquecendo que acabara de combinar com as meninas que o ideal seria fazer um teste de elenco com quem quisesse participar da peça.

— Quem é esse?

— O mouro de Veneza. Um protagonista negro de Shakespeare.

— Não quero.

— Hã? — Não entendi. Diogo era perfeito para o papel. — Por quê?

— Se ele não fosse negro, duvido que vocês me considerariam para protagonista.

— Tenso — disse Mari, minha melhor amiga.

O clima na sala ficou ligeiramente estranho. Argumentei para Diogo:

— Não é bem assim. Pra mim, você é perfeito para o papel, assim como pra um Romeu, por exemplo, ou pra qualquer personagem. Aliás, minha ideia antes era fazer um *Romeu e Julieta* diferente, com um dos protagonistas negro. Já tinha comentado isso com você.

Diogo coçou a orelha, como se tivesse se lembrado.

— Tá bom, eu faço. Agora, só por causa de você, Yasmin.

— Valeu — agradeci.

No fundo, concordei com Diogo. Dificilmente, nós, tanto ele quanto eu, que também sou negra, seríamos escolhidos para protagonistas se o personagem não estivesse sido especificado desse jeito na peça. Basta olhar para as novelas, os filmes, os livros... A vida ainda é assim, infelizmente. Ou melhor, as pessoas são assim. Cheias de preconceitos.

Nesse minuto, meu namorado apareceu na porta. Fui correndo dar um beijinho nele. Andrei, do terceiro ano. Após o beijo, observei que os olhos dele estavam fixos em Diogo.

— Já sortearam a peça? — perguntou Andrei.

— Já. Não ficamos com *Romeu e Julieta*.

— Falei que era melhor escolher logo outra.

— Eu queria fazer um *Romeu e Julieta* diferente.

— Por que essa insistência toda? Por acaso você queria ser a Julieta?

— Não, não. Prefiro ficar na direção. Mas, além de ser uma história conhecida, gostaria de ver Diogo como Romeu. Ele é muito desenvolto.

— Hum... — fez meu namorado.

Quando ele fazia isso, eu sabia: estava com ciúmes. Preferi não contar que agora Diogo faria, também, um papel principal. Seria DR na certa. Mais uma. Bastava a que tivemos no sábado.

— A gente pode conversar um minuto?

A pergunta de Andrei me deu até dor de barriga. De novo. Como no final de semana e nas discussões mais recentes.

LUCA

"Confuso mesmo."

Tive que concordar com a minha turma, o 1º ano C, quando começamos a discutir como seria resumir para meia hora a história de *Rei Lear*. Uma trama complexa e com muitos personagens.

Depois do sorteio, em que perdemos *Romeu e Julieta* para o 1º ano B, de Pietro, era preciso escolher uma boa peça para apresentarmos. Entre as sugestões, Cris soltou o nome desse tal rei, que era uma das peças favoritas dela.

Embora não fosse ela quem julgasse as apresentações — quem dava as notas eram os outros professores —, o pessoal ficou meio que com vontade de escolher essa peça mesmo para agradar a Cris.

A gente gosta muito dela. E, com certeza, ela vai dar uma força nos nossos ensaios. Cris nunca diria, negaria até sob tortura, mas nossa turma é a preferida dela.

— É tragédia? Se for tragédia, pra fazer todo mundo chorar, bora ficar com essa — disse Tiago.

Ele tinha uma teoria. Se a gente arrancasse lágrimas da plateia, a vitória estava garantida. Tarcísio, irmão de Tiago, era do terceiro ano e tinha contado para ele que nos festivais anteriores nenhuma comédia vencera.

Só história triste ganhava, como a adaptação do conto "Pai contra Mãe", de Machado de Assis, que a própria turma de Tarcísio fez quando ele era do primeiro ano. Gravaram um vídeo na época, e, há umas semanas, Tiago mostrou. A apresentação foi emocionante mesmo. Durante os aplausos, quem filmou girou em trezentos e sessenta graus, mostrando todo o auditório comovido. E a gente, que assistiu no meio da barulheira do intervalo, também ficou.

Então, meio que a conversa sobre fazer ou não essa peça ficou por isso mesmo quando o sinal tocou, anunciando o fim do intervalo, e acabamos aceitando a ideia de encenar o tal Rei Leão do Shakespeare, como brincou Igor.

Apesar de quase discutir com Yasmin por conta de *Romeu e Julieta*, não estava muito preocupado com a peça que iríamos representar. Naquela manhã, minha preocupação era outra. A prova de seleção de monitoria, ao meio-dia.

O notebook de casa está com a bateria viciada, só funcionando na tomada, e ainda por cima muito lento, uma eternidade para abrir os programas. Sem falar o quanto trava. Eu tenho feito todos os trabalhos da escola pelo celular mesmo, o que é muito ruim: tela pequena e um malabarismo tremendo para não encher a memória.

Se eu fosse aprovado na seleção da monitoria para o Laboratório de Informática, passaria as tardes fazendo minhas coisas nos computadores recém-chegados e ganharia uma bolsa que ajudaria a comprar minhas coisinhas.

Em casa, tudo está meio difícil. No momento, minha mãe não trabalha fora, e o dinheiro que meu pai ganha mal dá para as contas. Somos quatro. Tenho um irmão menor, o nome dele é Luís. Somos quatro. Quer dizer... melhor deixar para lá!

Diante dessas preocupações, óbvio que a escolha da peça ficava em segundo plano. Assim como eu gostaria de ficar. Tipo, nas cortinas. Queria ser um dos meninos das cortinas. Foi o que sugeri.

— Nada disso — reclamou Débora, levantando-se. Ela estava conferindo o resumo da peça no celular. — Você vai atuar, sim.

— Sou ruim de decorar texto.

— Mas você tem carisma, e não vamos perder isso.

Não sei de onde ela tirou essa ideia. Minha turma se iludia achando que eu era um menino feliz. Aparentemente até sou, não conto para ninguém meus problemas, minhas dificuldades. São só meus, né? Ninguém tem nada a ver com eles. Então, não fico alugando os ouvidos dos outros, lamentando e tal.

Por isso, quando o povo combina de sair e não tenho grana, não digo que não vou porque tô sem grana, digo só que já tenho um compromisso. O compromisso de ficar em casa sozinho economizando dinheiro. Ou por não ter dinheiro?

Em resumo, minhas preocupações naquela manhã eram a seleção e a bolsa. Uma boa apresentação no Festival para tirar dez também, é claro. Quero notas altas. Depois, fazer vestibular para Engenharia ou Ciência da Computação, um desses dois, não decidi ainda qual.

— Já decidi — disse Débora, que, a meu ver, deveria ser a representante, e não eu. Só que ela não tinha tanto carisma quanto eu, segundo ela mesma.

— O quê? — perguntei.

— Tem um personagem que parece divertido. O bobo da corte. É você!

Eu ri. A turma, também. Com certeza, por motivos diferentes. Eles, por pensarem que eu faria bem o papel. Eu, por me considerar o próprio personagem. Na vida real.

BIA

Remorso.

Esse foi o sentimento que senti ao entrar em sala depois do sorteio. José Carlos já tinha saído, e o pessoal aguardava o próximo professor chegar. Caetano veio correndo até mim, todo esbaforido e exagerado como sempre.

— E aí? O sorteio foi agora? Com qual peça a gente ficou? *Romeu e Julieta*?

Fiquei com vergonha de contar o que fiz. O arrependimento percorrendo todo o meu corpo como se fosse oxigênio, sangue, vergonha de quem eu era. Omiti:

— Quem ficou com *Romeu e Julieta* foi o 1º B.

— Velho, temos que escolher uma peça boa, senão vamos perder!

A sensação que tive nessa hora foi a de que tínhamos perdido mesmo. E a culpa era minha. O 1º B era muito unido. Perdia apenas para o 1º C. Contudo, a turma de Pietro contava com ele, que era o galã-inteligente-representante. Ia levar o prêmio de Melhor Ator fácil, fácil, assim como quase roubou um beijo meu. O que foi aquela reação na sala dos professores? Ele praticamente pulou em cima de todo mundo. Então, foi meio sem querer, foi quase, foi um quase...

— Sério que a gente vai ter que escolher outra peça? — quem soltou a pergunta foi Karol, com uma irritação na voz que funcionou feito bofetada na minha cara.

— Hum-hum... — eu me limitei a murmurar.

A impressão de que a qualquer momento o que eu havia feito seria descoberto e de que eu seria humilhada em seguida me invadia. Não conseguia encarar meus amigos nos olhos. Correção. Meus colegas de sala. Eles eram mais colegas que qualquer outra coisa. Apenas. Talvez eu não devesse me sentir tão culpada; entretanto, não conseguia deixar de me sentir assim. Por que fiz aquilo? Caramba! Como fui infantil! Custava ter participado do sorteio? Pegava o papel que tinha sobrado e pronto! O destino que resolvesse! Mas fui usar meu livre-arbítrio para complicar ainda mais a minha vida!

— Qual peça a gente vai fazer? — perguntou Toni.

— Melhor escolhermos a nossa logo para não pegarmos uma peça ruim — alertou Maria Cecília.

— O 1º C ficou com *Otelo, o mouro de Veneza*, e o 1º D talvez fique com *Rei Lear* — contei.

— Todo mundo já escolheu, e a gente vai decidir por último? — quis confirmar Karol.

— Só conheço *Romeu e Julieta*, e acho que a maioria dos professores também — argumentou Toni. — E eles são o júri. A gente tá perdido se não pegar uma peça legal.

— Os professores de Exatas não devem conhecer outra peça mesmo — disse Caetano.

— Também não exagera — tentei amenizar, mais para limpar a *minha* barra do que a dos professores.

— Oxe! Caetano tá certo — concordou Maria Cecília. — Zé Carlos escreve Matemática sem acento. Se bobear, não sabe nem quem foi Shakespeare.

Shakespeare.

O autor de uma tragédia que poderia ser a da minha vida. Foi o que tive vontade de dizer, mas me contive. Não tinha mais intimidade para desabafar com eles assim. O sinal tocou, aliviando momentaneamente o meu tormento. Eu me sentei e procurei pensar em outras coisas. Logo, logo o professor chegaria. Ou professora? Era aula de quem agora mesmo?

— Ei! — chamou Karol.

— Você não sabe outra peça de Shakespeare, não?

Se perguntassem meu nome completo naquele momento, teria dificuldade de responder. Eu me sentia igual a uma criança que aprontou em uma festa e agora queria voltar para casa o mais rápido possível.

— Vamos de comédia? — sugeriu Caetano. — O pessoal fala que faz tempo que nenhuma peça de comédia ganha. Talvez seja melhor escolher algo diferente.

Minha vida precisava de humor, risos e sorrisos. Concordei com Caetano.

— No final da manhã, vou na biblioteca e procuro algo — falei.

Pronto. Trégua. Pelo menos, foi que o pensei. Até o intervalo, quando seria desmascarada. Por via das dúvidas, nem me levantei da cadeira. Perguntaram se eu não iria para a biblioteca; no entanto, não queria esbarrar com qualquer um dos outros representantes e correr o risco de eles comentarem algo. Só que nenhum comentário chegou aos meus ouvidos. Nada. Em vez de eu me acalmar, minha ansiedade aumentava.

Após o intervalo, vieram duas aulas de Química, que acompanhei mecanicamente, anotando tudo o que a professora explicava ou escrevia no quadro. Quando a aula terminou, saí correndo para ir à biblioteca. Queria fugir dos meus colegas, da sala, da escola. Naquele horário, poucos procuravam por aquele espaço. A maioria, morrendo de fome, ia para casa. E ali, depois de entrar, em meio às estantes, respirei fundo tentando relaxar. As histórias eram a minha melhor companhia.

Então, lá fui eu pelas prateleiras, sem pressa, bem diferente de como eu estava minutos atrás, quando quase corri da sala.

Poesia. Conto. Romance. Teatro... Procurei pelo querido amigo inglês, esperando que ele trouxesse uma boa surpresa para mim. Contudo, poucas peças. O pessoal deve ter passado por ali no intervalo. Ainda bem que eu tinha escapado.

Fui lendo os títulos. Achei um bonito. *Sonho de uma noite de verão*. Peguei. Na capa, uma mulher igual a uma fada abraçada a um burro. Naquele momento, me senti os dois em um. Uma mulher com cabeça de burro segurando um livro e lembrando...

— Por que você fez isso? — veio alta a voz de Karol, me fazendo tomar um susto.

— Fala baixo — interveio Maria Cecília, um pouco mais sensata que a amiga.

— A gente tá na biblioteca, esqueceu? — relembrou Toni a Karol.

Adivinhei tudo, mas fingi que não:

— O que aconteceu?

— Você mentiu! Você não participou do sorteio coisa nenhuma! Você quer mais é que a gente perca, né?

— Achei que...

— Achou errado! E, se a gente perder, a culpa é sua! — arrematou Karol, quase gritando.

De algum lugar, a bibliotecária exigiu silêncio. Ainda bem que foi atendida. O trio, então, foi embora, e fiquei ali sozinha, tremendo, com vontade de chorar e vivendo o pesadelo de um dia de inverno. Embora não estivesse chovendo, ainda era inverno. Mês de agosto. E de desgosto.

Primavera só em setembro.

PIETRO

— **Romeu e Julieta!** — comemorei assim que entrei na sala.

Foram gritos, aplausos, abraços, beijos e até um beliscão na minha bunda. Não identifiquei de quem era a mão, mas doeu.

Enquanto me recuperava, tocou o sinal, e Cris entrou na sala. A próxima aula era de Português, e ela não demorava um segundo para aparecer. Ao ver o pessoal vibrando, perguntou:

— O Festival já acabou, foi? Tão comemorando como se tivessem ganhado!

— A gente já ganhou! — exclamou Sofia. — A gente vai fazer *Romeu e Julieta*! — Ela pegou uma caneta e dramatizou: — Oh, Romeu, oh, Romeu! Que primeiro ano pode ser melhor que o meu? — Fingiu cravar a caneta no próprio coração.

— Vocês, sei não... — riu Cris. — Mas, vamos lá! Bom dia a todos! Todo mundo se sentando!

— Professora, deixa a gente discutir a peça, se organizar um pouco — pediu Caio. — A gente tem o quê?! Um mês pra peça? É pouco tempo!

— Se eu desse três meses para vocês, também seria pouco. Pensam que não sei que deixam tudo para a última hora?

Cris tinha razão. Adolescente funciona na base da pressão. Com a minha turma, não era diferente.

— Vou pegar meu livro, que esqueci na sala dos professores. Volto já. Aproveitem para conversar.

Logo que ela saiu, escutei e não acreditei:

— Quero fazer Romeu.

Era Vinícius. Nunca fui com a cara dele.

— Pensei que Pietro fosse fazer Romeu — disse Sofia a meu favor.

— Por que outro aluno não pode fazer? Porque é o galã da sala? Quero atuar.

Clima pesado. Naquele instante, não soube o que falar. Aquele papel era meu. Pelo menos, eu pensava que era.

Não sei como a ideia tinha ficado na minha cabeça; porém, desde o primeiro dia em que começamos a falar do Festival, de Shakespeare, de *Romeu e Julieta*, e as meninas disseram que eu seria Romeu, concordei e não imaginei outra possibilidade.

Continuei calado. Esperei que a turma se pronunciasse. Era melhor. Se bem que, no fundo, torcia para que me apoiassem. Uns reforçaram a ideia de que eu casava melhor com o papel. Outros sugeriram fazer um teste.

— Um teste é mais justo — asseverou Vinícius. — Se eu também quero fazer, por que não posso tentar?

— O que é que você acha? — perguntou Sofia para mim.

Eu queria dizer que discordava. Porém, não poderia me considerar dono do papel, da peça, de todas as decisões. Era um representante eleito pelo povo. Deveria ser democrático. Quis dizer que um teste seria bom.

— Pra mim, eu já tava certo no personagem — foi o que saiu.

— Você é muito metido, sabia? — veio Vinícius todo arrogante para o meu lado.

Não me intimidei. Nossos peitos se bateram. Se fosse ter briga, eu não fugiria.

— Ei, ei, ei! O que é isso aí? — quis saber Cris, separando a gente. — Os dois querendo brigar? Não vão me dizer que é por causa do Festival?! Calma! Essa é uma atividade em grupo, todo mundo vai ter que aprender a trabalhar junto.

— Cris, toda peça profissional faz teste pro elenco, né?

— Isso, Vinícius. E vocês têm liberdade para adaptar a peça, incluindo personagens, excluindo, para ela se encaixar no perfil da turma. O teatro de Shakespeare era popular, para todos! Só não pode perder a essência da história, é claro.

Eu estava perdendo era a minha paciência com Vinícius.

— Então a gente faz um teste — falei, a contragosto.

— Que vença o melhor Romeu! — provocou ele.

— Agora, todo mundo se sentando. Tem formiga nas cadeiras? Depois vocês conversam mais. Ai, ai, ai... todo ano é isso! Começa o festival, começam as confusões.

Eu me sentei. Recordei a dor, o beliscão. Fiz uma careta.

— O que foi? — perguntou Sofia ao meu lado.

— Alguém beliscou minha bunda — respondi, tentando sorrir.

— Vinícius — disse Caio muito sério, sentado logo atrás da gente. Olhei para Sofia. Caio era o menino mais calado da turma. Não interagia muito, porém, fama de mentiroso não tinha.

— Eu vi — reforçou ele, antes de abrir o caderno, procurando a matéria, como se não tivesse contado nada para a gente.

Olhei para Vinícius, que me olhou de volta desafiador. Ele fez de propósito. Se queria guerra, ele teria.

YASMIN

Queria conversar logo com o Andrei para que ele parasse com essa história de ciúme de Diogo. Nada a ver. Não existiam motivos para uma coisa dessas. Fui logo com ele para o baobá.

Aquela árvore era o local preferido de todos alunos. Ficava afastada da cantina e bem no meio do caminho entre a sala dos professores e as de aula, a uma distância perfeita para conversar sem que os adultos ficassem bisbilhotando. Sempre que alguém queria ficar um pouquinho mais fora de sala, ou melhor, demorar mais "no banheiro", esse tempo era passado debaixo do baobá.

Árvore testemunha das nossas esperanças, dos nossos medos e dos nossos sonhos.

— Não tô gostando dessa história de Diogo pra cá, Diogo pra lá — disse Andrei em voz alta.

Fiquei com vergonha. Ainda bem que não tinha ninguém por perto naquele momento.

— Você tá com ciúmes — alertei. — Não faz o menor sentido.

— Não é você que vai ficar sendo zoada com essa história de peça. Já tô até vendo o pessoal cheio de gritinho e risadinha quando você subir no palco pra fazer par romântico com ele.

— Eu não vou fazer par romântico com Diogo, Andrei. Vou ser a diretora da peça. A diretora! Não vou atuar.

— Olha a prova chegando... — avisou Zé Carlos, nosso professor de Matemática, erguendo o saquinho transparente das provas.

O recado era para mim, que deveria estar revisando a matéria, e não tendo DR com Andrei naquela hora.

— Tenho que ir pra sala — avisei.

— Vai — disse ele, dando de ombros.

Fui dar um beijo nele, mas ele virou o rosto.

Fiquei mal, muito mal. Tive vontade de chorar. Só não chorei porque tinha prova. Inspirei fundo. Fui para a sala controlando a respiração.

Entrei. Mari perguntou se estava tudo bem. Eu disse que sim. Ela fez que não com a cabeça, incrédula. Nem eu acreditaria se pudesse ver no espelho como provavelmente estava minha cara.

Sentei na minha cadeira. Peguei o lápis, a borracha e a caneta no estojo. No segundo em que encarei a prova, de novo me deu vontade de chorar.

"Respira, Yasmin. Respira, Yasmin."

Mas agora eu tinha dois motivos para chorar. Um era aquela prova na minha frente. O outro, Andrei com raiva de mim debaixo do baobá.

Como uma menina tão desenrolada como eu, como o povo falava, não conseguia resolver um problema simples assim? Ou ele não era tão simples como imaginava? A minha cabeça estava perdida, sem saber qual problema tinha que resolver primeiro.

Puxei um pouco o cabelo para a frente do rosto. Se as lágrimas viessem, disfarçaria. Felizmente, consegui contê-las. Sou mais forte do que penso. Mas não tão inteligente quanto. Pelo menos, não em Matemática. Só fiz dois cálculos. Infelizmente, as questões que valiam somente um ponto cada.

"Recuperação, lá vou eu", pensei ao entregar a prova.

Na saída, perguntei à Mari se ela ia demorar muito. Ela disse que sim.

Passei pelo baobá. Na pedra, acho que não contei, tem uma pedra, resto de muro, em que os alunos se sentam, encostando-se no tronco do baobá. Ali, Luca, o representante do 1º C, estava estudando.

Fui ao banheiro sozinha. Em geral, vou com Mari, por isso perguntei antes de sair da sala se ela já estava terminando a prova. Mas foi até bom ela não ter ido comigo, assim não faria perguntas. Não queria contar nada do que estava rolando com Andrei. Mari sempre dizia que a gente formava um casal lindo. Quer dizer, já tinha um tempo que ela não dizia mais isso... mas eu ainda acreditava.

Voltei para o baobá. O sinal anunciando o fim da última aula ainda não tinha tocado. Luca continuava sentado na pedra, estudando.

— Prova de Matemática? — arrisquei, me aproximando. Todas as turmas do primeiro ano teriam prova do Zé Carlos naquele começo de semana.

— Não, não. Só amanhã. Prova de monitoria ao meio-dia.

— Ah! — falei, recordando a seleção.

Então, instaurou-se o silêncio. Não sei se incomodava Luca, mas me incomodava. O vento veio, brincou com as folhas, fez um barulhinho enquanto diminuía o calor. Depois foi embora, e o vapor voltou, me fazendo suar, sufocar.

O sinal tocou. Pouco depois, Andrei apareceu, saindo do corredor das turmas do terceiro ano. Despediu-se de um amigo e veio na minha direção. Ao perceber a presença de Luca, franziu a testa.

"Agora ele vai implicar com Luca também?", me questionei. Ou melhor, previ.

Assim que ele chegou, Luca ergueu a cara do caderno e olhou para Andrei e depois para mim. Levantou-se e se afastou.

Não contei antes, mas há um código secreto entre os alunos. Meio que todo mundo percebe quando algum casal quer conversar sozinho debaixo do baobá.

O baobá também era testemunha das nossas DRs adolescentes.

Fiquei observando Luca ir embora. Um garoto que não queria briga com ninguém.

— Ele é seu amigo?

Todas as vezes que Andrei fazia uma pergunta assim, me machucava. Demais.

LUCA

Queria uma namorada. Mas, se fosse para ficar assim, com DR a toda hora, como Andrei e Yasmin, era melhor ficar sozinho mesmo. Já tenho problemas demais. Não vou meter mais uma pessoa nesse meu ninho de passarinho. Melhor, na minha casa de maribondo.

Naquele início de tarde, minha preocupação era a prova de monitoria. Eu tinha de passar. Primeiro, precisava da bolsa. Segundo, gostava de Informática, computadores, esse universo todo. Às vezes, a necessidade e os sonhos se juntam em um casamento perfeito.

Então, passei o fim de semana e a manhã inteira de segunda estudando. Nem prestei atenção na revisão que o professor de Matemática fez. A prova da minha turma era só na manhã seguinte, na terça. Mais tarde, pediria para alguém me mandar a foto do caderno no grupo. Antes a prioridade era focar a prova da monitoria.

A *minha* prova.

Mário, o professor de Informática, já aguardava os candidatos na porta do laboratório. Era hora do almoço, e a maioria dos alunos descia para ir embora. Eu não sentia fome. Queria fazer a prova. Tirar um dez. Ser aprovado na seleção. Passar as tardes inteiras no laboratório e nunca mais me estressar com o velho notebook lá de casa.

Mas, assim que me sentei diante do computador, me lembrei de Yasmin. A maneira como chegou ao baobá e a cara de Andrei depois indicavam que a conversa seria tensa. Muito tensa.

— Entenderam?

Arregalei os olhos. Não tinha escutado as instruções do professor sobre a prova.

"Ai, ai, ai, Yasmin. Fique aí no baobá com seus problemas, que já tenho os meus."

— Professor, desculpa. O senhor pode repetir? Não sei se entendi direito. Fui ligar o monitor e me distraí.

Nem sei se a cara do professor Mário foi de estranheza ou de indignação por eu não ter prestado atenção. Com a testa franzida, repetiu, visivelmente a contragosto:

— Deixei aberto um formulário com questões objetivas e dissertativas. As instruções dos comandos que vocês devem realizar no computador também estão aí num arquivo ".doc", também aberto. Vocês têm cinquenta minutos para responder. Mais alguma dúvida?

Não. Nenhuma.

Quando vi a lista de questões, vinte, achei pouco tempo. Cinquenta minutos não dava para nada... Só que deu. Ufa!

Saí da prova junto com alguns colegas-adversários. Alguns deles nem conseguiram finalizar tudo. Lívia, da minha sala, por exemplo, deixou o laboratório pisando duro e muito chateada.

Confesso que senti certo alívio. Sei que esse sentimento não era nada legal, bem egoísta até, mas eu não só queria como também precisava da bolsa da monitoria. Porém, a vida já tinha me decepcionado muito para que eu contasse vitória antes do tempo. O melhor a fazer era esperar ansiosamente pelo resultado.

Nesse instante, ao olhar para a direita, vi Yasmin ainda no baobá, enquanto Andrei ia embora. Cinquenta minutos de DR? Putz! Achei muito tempo, treta pesada.

Peguei o celular para conferir a hora. Na tela trincada, cinco minutos para uma. A fome bateu agora. Depois daquela maratona de questões, o estômago finalmente deu sinal de que ainda existia em mim. Roncou.

Olhei de novo para o lado de Yasmin. Ela se sentou naquele mesmo pedaço de muro em que eu estava quando ela chegou, *o banquinho*, como todo mundo chamava.

Ela começou a chorar.

Os demais colegas que fizeram a prova não viram. Todo mundo indo embora, comentando os acertos e os erros da prova e insistindo para que o professor entregasse logo o gabarito, enquanto ele tentava fechar a porta do laboratório.

Todos foram embora, e fiquei parado observando Yasmin.

Mas o que é que eu ia fazer? Conversar o que com ela? Pedir para não chorar?

Segui meu caminho. Passei pela cantina, onde alguns colegas escutavam música alta e dançavam. O coordenador, Bruno, chegou avisando:

— Quem não tem atividade no contraturno, passa pra casa. Vamos lá!

Eu não tinha. Pelo menos, não ainda. Se passasse na seleção da monitoria... Tomei meu rumo e fui caminhando na direção da portaria da escola. Não sei se já contei, mas minha escola é grande. Meio espalhada. Um negócio meio antigo, meio novo. Meio caótico, meio planejado.

Planos ainda eram um problema para mim. Os meus eram almoçar. No entanto, não consegui voltar para casa com a consciência tranquila. A imagem de Yasmin sozinha no baobá ficou na minha cabeça.

Eu tinha que ir lá.

Fui.

— Vai pra onde? — perguntou o coordenador.

— No banheiro rapidinho. Tô apertado.

Banheiro. A única desculpa que funcionava com ele.

— Vá no da biblioteca.

— Tá.

Passei direto pela frente da biblioteca e acelerei o passo até o baobá.

Estanquei. Será que estava fazendo a coisa certa? Pelo menos na minha mente, eu estava. Então, fui.

— Yasmin, tá tudo bem?

Ela levantou os olhos, vermelhos de tanto chorar.

— Tô sim. Tô sim. Preciso ir embora.

— Vou descer agora. Bora?

Sei lá... Desabafar sei que ela dificilmente iria, mas, pelo menos, eu poderia ser uma boa companhia.

— Não, não. Vou sozinha.

E, pegando a bolsa, me deixou só embaixo do baobá.

Confesso que me senti tolo, meio bobo. Pelo menos um ventinho amenizou meus sentimentos.

BIA

A pior pessoa do mundo.

Era desse jeito que eu me sentia. Cheguei em casa e fui para a cozinha. Minha mãe costumava deixar meu almoço descongelando dentro da geladeira, e eu só precisava colocar no micro-ondas e comer. Só isso. Mas nem sede eu tinha. O que eu tinha era certeza de que nada desceria pela minha garganta.

Fui burra, isso sim. Querer me vingar da minha turma... Aliás, eles nem eram minha turma, muito longe de qualquer sinal de amizade. Que atitude mais infantil a minha!

Por isso, chorei. Chorei me sentindo a menina mais infeliz e solitária do mundo. Agradeci por minha mãe ter emprego e não estar em casa, assim eu poderia chorar à vontade, sem precisar me explicar para ela. Respirei fundo. Não podia ficar desse jeito. Eu ainda tinha uma peça para ler, um roteiro para escrever.

Burra!

Isso é o que eu sou. Eu devia era deixar tudo para lá! Por que eu estava preocupada com a minha turma? *Minha* turma, que não tinha nada de minha. Eles que se virassem na apresentação, ficassem em último lugar, nem se apresentassem e ganhassem um zero! Eu teria orgulho desse zero. Eu teria.

Fui até a cozinha e coloquei a minha marmita no micro-ondas. O danado estava amarelado de tão velho. Meu almoço ficou frio, depois quente demais. Os legumes murcharam, virando uma água colorida que se misturava ao feijão. Tentei comer, mas não deu. Meu estômago estava cheio de decepção, com meus ex-amigos e a mim mesma.

No começo do ano, éramos amigos. Toni, Karol e Maria Cecília foram primeiros amigos do primeiro ano. Escola nova, todo mundo desconhecido, um frio na barriga! Só que logo no primeiro dia formamos um grupo em uma dinâmica da professora de Português e fizemos um conto juntos, cada um escrevendo uma linha e se divertindo com as nossas invenções. Todo mundo teve que aplaudir o nosso conto. Foi, de longe, o melhor. Deixo de lado a modéstia para ser sincera comigo mesma. Começamos bem, foi o que pensei. Unidos. A nossa história se iniciou assim. Um grande engano à primeira vista.

Com o tempo, nosso grupo começou a ficar parado. Antes, era conversa e postagem de leseira até depois da meia-noite. Aos poucos, fomos ficando calados, até que descobri que Toni, Karol e Maria Cecília tinham criado um grupo sem mim.

Sim.

Havia dois grupos, e eu não estava em um deles. Só de lembrar me dá vontade de chorar, e choro mesmo. Mas não vou me abalar, é isso o que eles querem. Vou fazer a minha parte. Eles dizem que eu escrevo bem, então tenho que fazer o texto da peça. E um *bom texto* para vencer o Festival.

Quero ser médica, mas me dou muito bem com as Artes. Falando nisso, quem quer seguir carreira artística é Pietro, ele vive postando um monte de fotos e vídeos. E quer ser Romeu. Ele vai ganhar o prêmio de Melhor Ator este ano, é fato. Ele quase me beijou e agiu como se nada tivesse acontecido... ou será que nada aconteceu, nem ele percebeu, e só eu é que fiquei pensando nesse quase beijo? *Beijo?* Não foi beijo, burra! Isso sim que sou.

Lavei a minha marmita, os talhares, e deixei tudo no escorredor para secar. Fui para a sala. Peguei o livro. Queria saber onde a cabeça de burro entrava naquela história de Shakespeare, porque, no que diz respeito à minha vida, eu já tinha nascido assim.

PIETRO

— **Teste? Teste? TESTE?!**

Entrei em casa revoltado. Não foi à toa que quase prendi meu dedo no portão. Soltei um palavrão tão alto que minha mãe ouviu lá da cozinha.

— Que boca suja é essa, menino?!
— Machuquei meu dedo fechando o portão.
— Bota gelo nisso!
— Tô morrendo de fome — falei, chateado.
— Ih, hoje o almoço vai demorar. Precisei colocar umas roupas pra lavar.

Minha mãe não trabalhava fora, só meu pai estava com emprego no momento. Por isso, o dinheiro de casa era contado. Mas não podíamos reclamar muito, um ou outro luxo a gente conseguia.

— Machucou o dedo logo no dia de lavar o banheiro — disse ela, como se eu tivesse feito de propósito.

Eu detestava lavar o banheiro, apesar de ela elogiar o resultado.

Minha mãe colocou algumas pedras de gelo em um copo de plástico com água e me entregou. Enfiei o dedo dentro, mas a vontade era de enfiar a cabeça para ver se esfriava.

— Aconteceu alguma coisa na escola?

Eu me considerava um bom ator, menos para os meus pais, principalmente para a minha mãe. Não conseguia esconder as coisas dela. Nem sei como minha mãe descobre meu estado só de olhar para a minha cara.

— O Festival de Literatura tá chegando. Eu ia ser Romeu, mas inventaram de fazer um teste.

— Ah, filho, você deveria se preocupar em estudar para as provas. Esse festival é uma apresentação. Você tem que pensar é no Enem, no vestibular...

— Vale nota.

— Mesmo assim.

Taí.

Meus pais não reconheciam o valor da arte, nisso eu não tinha apoio nenhum em casa. Pelo meu pai, eu seria médico, advogado ou engenheiro.

Pela minha mãe, administrador de empresas ou professor estava valendo. O importante era fazer um curso superior e arranjar um emprego logo.

Porém, eu não queria nenhuma dessas opções. Queria fazer algo diferente.

Já pensou *eu* protagonista da *Malhação*?

Só que meus pais nunca aceitariam que eu fizesse um curso de Teatro. Eles dizem que não dá dinheiro, que não tem futuro.

Às vezes, eu suspeito que só os bons conseguem isso mesmo. Assim como passar em Medicina ou em Direito para uma universidade federal.

Coisa para Bia.

Ela, sim, passaria de primeira para Medicina. O sonho dela. Focada. Tão focada nos estudos que nem aparenta ter amigos. Aliás, nunca mais vi Bia andando com a turma dela: Toni, Karol e Maria Cecília. O que será que houve?

Um beijo. Um quase beijo. Porém, nem selinho acidental foi.

Ela não demonstrou nenhuma reação. Vai ver nem gostou. Ou nem ligou. E eu aqui pensando feito besta no beijo que não rolou.

Mas se ela quisesse, eu dava uns beijinhos.

Venho achando as meninas inteligentes mais interessantes, dá para conversar entre um beijo e outro. Corpinho bonito para mim é pouco. Não vou negar que já fiquei e fico. Mas fico só nisso mesmo.

Para namorar, tem que ter conteúdo. Caso contrário, entre um beijo e outro, a gente não conversa e fica cada um calado vendo besteira no próprio celular.

"Teste? Teste? TESTE?!"

O pensamento voltou.

Respirei fundo e fui tomar meu banho, já tinha decidido quais seriam os meus planos para aquela tarde: rever o filme *Shakespeare apaixonado*, a que já assisti duas vezes depois que Cris passou na sala, e ler *Romeu e Julieta*, já que tenho o livro.

Eu serei o melhor Romeu que a Escola Municipal Nelson Rodrigues jamais viu!

YASMIN

Eu não sabia mais o que fazer com Andrei. Expliquei calmamente tudo, depois briguei com ele, depois voltei a explicar tudo. Como ele é cabeça-dura!

Parece que não quer me ouvir. Parece que a razão não faz sentido. Parece que nada do que eu fale vai adiantar.

Ele sempre aumenta tudo o que eu falo. Sempre procurando alguma pista, qualquer coisa que possa indicar um deslize meu.

"Se ele não confia em mim, então por que não termina?"

Só de pensar nisso, meus olhos se enchem de lágrimas.

"Mas o que é que eu tô falando?"

Não quero terminar com Andrei, eu gosto dele. E sei que esse ciúme todo é sinal de que ele gosta de mim. É isso, tem que ser.

Começamos a namorar perto do Dia dos Namorados, e desde então não nos desgrudamos mais. No início, foi só amor. Agora, é só DR.

Cheguei atrasada na casa da minha avó. Na saída do colégio, meu celular tocou. Ela já estava me ligando, preocupada. Quando cheguei em casa, recebi uma bronca:

— Se for demorar, avisa. Não sabia se ligava ou não. Fiquei com medo de você atender na rua e alguém roubar seu celular. Não podemos vacilar, não.

Minha avó é muito preocupada. Aliás, todo mundo ao meu redor parece muito preocupado comigo, com o que faço ou com o que deixo de fazer.

Eu passo as tardes na casa da minha avó, fazendo companhia a ela. Minha mãe queria que ela morasse com nós duas, mas dona Yara é teimosa e diz que quer o espaço dela, que é independente e que qualquer dia desses arranja até um namorado.

Eu rio, e minha mãe reclama.

Depois do almoço que minha avó faz, eu lavo os pratos, passo a vassoura na casa e fico de conversa com Andrei no celular. Antigamente, no fim da tarde, ele sempre vinha me ver, e a gente conversava no muro, em frente de casa.

Nessa hora, minha avó, que é gente fina, ficava assistindo às novelas na tevê, e eu ficava dando meus beijinhos de boas no portão. Minha avó é supertranquila com esse negócio de namorar, por isso, gosto de passar as tardes com ela.

— E essa ruguinha de preocupação? — perguntou dona Yara, muito atenta, como sempre, quando me sentei no terraço enquanto penteava os cabelos, depois do meu banho.

— Nada.

— Tem gente que sabe ler mão. Eu sei ler testa, sabia? A idade me ensinou a ler rugas! Essa ruguinha de preocupação aí diz que você está pensando no Andrei e que aconteceu alguma coisa.

— A gente brigou.

— Hum... — fez a minha avó, muito séria.

Pensei que ela ia dizer que todo casal briga, que isso é normal, essas coisas. Mas ela não acrescentou nada na conversa. Ficamos no "Hum..." mesmo, nada depois disso. Estranhei, mas também não comentei. Dentro de mim, porém, ficou ecoando um "Por quê?".

— Eita! — falei, para mudar o assunto. — Esqueci de ver se na biblioteca tinha um livro para o Festival de Literatura.

— Qual?

— Será que a senhora não tem, vó? — perguntei, lembrando da estante de livros no quarto dela. Ela é professora aposentada de Educação Infantil.

— Qual? Você não disse o título.

— *Otelo*...

— *O mouro de Veneza*! — completou ela. — De William Shakespeare! Tenho, sim, li quando tinha a sua idade.

Entramos no quarto. Ela mexeu para cá e para lá.

— Cadê...? Será que caiu debaixo da estante? Abaixa aí, minha filha, que não tenho mais coluna, não.

— Acho que não. Passei a vassoura na casa. — Mesmo assim, me abaixei para conferir. Vergonha das vergonhas: encontrei o livro em capa dura, empoeirado, em um cantinho da parede.

— Tá varrendo bem a casa, viu, preguiçosa?!

— Me pediram pra passar a vassoura, não pra fazer faxina! — tentei me defender.

— Sábado que vem, quem vai vir aqui passar pano é você, viu? Pra aprender a fazer o serviço direito — disse ela, mas com um sorriso no canto da boca.

Revirei os olhos, fingindo impaciência. Mudei de assunto:

— Sabia que o protagonista dessa peça é negro? Por isso que minha turma escolheu ela. Lutar por representatividade é fundamental nessa nossa sociedade preconceituosa.

Então, minha avó bateu com a ponta do dedo indicador já enrugado na capa do livro, dizendo:

— Além disso, ele é sobre a inveja e o ciúme. Sobre o perigo do ciúme!

Minha avó me deixou sozinha com o livro e com meu estômago revirado. Encarei a capa, em que, em letras douradas quase apagadas pelo tempo, estava escrito o título da peça. Abri e comecei a ler.

Achei que eu tinha encontrado o livro debaixo da estante, mas me enganei. Quem me encontrou foi ele.

LUCA

Como eu queria passar naquela prova!

Nem me lembrava mais de Yasmin e do vácuo em que ela me deixou, me largando sozinho no baobá.

Como eu queria que o resultado saísse logo!

O professor prometeu divulgar às dezoito horas em ponto. Mesmo assim, fiquei atualizando a página da escola para acompanhar o resultado, nem eram quatro da tarde!

Guardei o celular no bolso, apoiei meus braços no muro ainda quente e fiquei olhando a rua. Meu irmão Luís brincava com a bicicleta dele. Na verdade, era a minha velha, que serviu para alguma coisa depois do conserto.

"Ainda bem que criança tem imaginação", pensei, observando meu irmão. "Ele enxerga essa bicicleta como uma moto de corrida, daquelas grandonas."

Faz bem sonhar. Eu fazia planos de que, se sobrasse algum dinheiro, talvez desse para comprar uma bicicleta nova para ele no Natal.

Sobrar dinheiro? Taí uma realidade difícil. O que sobram são os sonhos que a gente vai acumulando enquanto espera o dinheiro chegar. De repente, se juntasse um pouco do meu dinheiro com um pouco do meu pai...

Ao olhar para o outro lado da rua, vi Andrei. Anda todo se achando dono da rua. Relógio, corrente, cabelinho cortado na régua. Passou por mim, olhou como quem me reconhece, mas não está disposto a falar, e seguiu seu caminho. O perfume forte dele ainda ficou um tempo no ar, incomodando. Com certeza, estava indo para a casa da avó de Yasmin.

Meu irmão espirrou. Ele é alérgico a um monte de coisas. Eu, à hipocrisia. Não vou com a cara de Andrei. Do que adianta ele se cuidar assim e não tratar bem a namorada? Bom, o namoro não é meu, eu sou um bobo por ficar pensando na vida dos outros.

Bobo.

É esse mesmo o personagem que vou fazer na peça? Bem, na vida real, já sirvo para o papel. Talvez não seja tão difícil, difícil mesmo é viver. A luta de todos os dias pela sobrevivência.

Minha mãe acredita que só os estudos transformam a vida da gente. Meu pai repete, confirmando. Estou seguindo isso. Luís, também, já sabe copiar o nome completo sozinho. Mas meu irmão mais velho, não...

Se alguém me pergunta, eu minto, digo que só tenho um irmão, o caçula, Luís. Mas tem outro: o meu irmão mais velho, do primeiro casamento do meu pai, de quem nem tenho mais notícia. Espero que continue assim. Ele morou um tempo com a gente, e haja estresse. E não só. Muita decepção, dor e tristeza para o meu pai.

Hoje, meu pai nem quer mais conversa com esse meu irmão, que se envolveu com coisas erradas, muito tortas mesmo. Meu pai fez o que pôde, pagou dívidas até com o dinheiro que não tinha, conversou, perdeu as contas de quantas segundas chances deu... E tome sofrimento e dor cabeça. Até que um dia, *aquele* dia, decidiu deixar de mão para não adoecer. Se é que isso não aconteceu, pois ele descobriu que estava com pressão alta pouco depois.

Balancei a cabeça para não lembrar mais. Não adiantou muito. Duas palavras ressurgiram na minha mente. Quando ouço a expressão "relacionamento tóxico", não penso de cara em namoro, penso em família e nesse meu ex-irmão, chamado Luan.

Vida que segue.

Luís, muito mais tranquilo, não dá preocupação para mim e volta e meia corre e vem me dar um abraço, daqueles bem apertados, no meu pescoço. Às vezes me machuca, às vezes me deixa sem ar. Mas é a intensidade do amor de Luís que me comove. Sou meio chorão, é fato.

Luís deu uma freada, levantando poeira na rua não asfaltada, e despertei dos meus pensamentos, como se tivesse escutado um despertador.

— Vem, Lu, tá na hora de entrar.

— Mas já?

— Bora, Lu. Tenho que fechar as portas e as janelas, senão a casa vai se encher de muriçoca.

Não sei qual é a explicação científica para isso, só sei que funciona. Se a gente fecha as janelas e as portas mais ou menos às cinco da tarde, por aí, quase não entra muriçoca em casa. Uma vez me esqueci, e elas atacaram meu rosto enquanto eu dormia. No dia seguinte, fui para a escola com a testa cheia de pintinhas.

Eram dezessete horas. O resultado sairia às dezoito. Uma hora pode ser uma eternidade para quem espera uma notícia.

Não me concentrei em nada nesse meio-tempo. Fui para o meu quarto. Tentei ler o resumo de *Rei Lear* para entender melhor do que a peça se tratava. Gostei, mas percebi que ali havia duas histórias em uma, e fiquei sem saber como a gente faria a adaptação. Afinal, só teríamos no máximo meia hora para se apresentar.

E sem falar na coincidência com a minha vida! O rei, que tinha três filhas, só era amado de verdade por uma delas. Um duque que tinha dois filhos e também o amor de apenas um. Me lembrei do meu pai e de Luan. Laços de sangue não garantem o mesmo amor.

Procurei abrir outra página. O sinal caiu. A internet no meu quarto está cada dia pior. Com o dinheiro da bolsa, vou trocar por uma melhor. Preciso ficar na beiradinha da cama e volta e meia esticar meu braço para que o sinal do Wi-Fi melhore. Na sala pequena, nem sempre dá para ter privacidade.

Finalmente, deu dezoito horas.

Atualizei a página.

O resultado surgiu.

Cliquei para baixar o arquivo. Meu coração batia acelerado. Minhas mãos perdiam a precisão com tamanha ansiedade. Quando o arquivo abriu, deu erro.

Eu me sentei na cama. Angustiado. Tinha usado o aplicativo errado. Droga! Tentei de novo. Demorou uns segundos. Então, o resultado.

Eu, em primeiro lugar.

Abracei o travesseiro e comecei a chorar. Tal qual uma criança, tal qual meu irmão Luís.

BIA

Inimiga.

Era assim que eu estava me sentindo depois do que Karol falou.

— O 1º D fez o roteiro todo junto. Leram, discutiram e saíram dividindo as partes que cada um ia escrever. Foi muito mais unido que a gente.

Aquele "a gente", na verdade, se referia a mim. Eu, a burra, que tinha passado o fim de semana inteiro quebrando a cabeça para adaptar dentro de meia hora a peça *Sonho de uma noite de verão*. Aliás, desde a segunda-feira passada, quando teve o sorteio, a treta, o sonho-pesadelo que caiu nas minhas mãos, fiquei lendo e relendo a peça sem parar. Gostei muito e talvez tenha me empolgado além da conta.

— Olha como ficou enorme! — Toni ergueu a peça, segurando o texto com a ponta dos dedos. — Cada fala grande... O pessoal não vai decorar tudo.

— E essa peça não é muito confusa, não? — perguntou Maria Letícia. — Tem duas histórias de amor ou três... E uma história de uma peça de amor também? Uma peça dentro da peça? Duas em uma? Não sei se vão entender mesmo que a gente faça tudo. Nem sei se eu tô entendendo...

Cada comentário era como um tapa. Cada frase machucava como uma pedrada. Me senti nua na quadra da escola, recebendo na cara uma balde de água fria com cubos de gelo.

Eu tinha gostado da peça, com toda a confusão dos casais jovens misturada com personagens fantásticos, em Atenas, na Grécia. A atmosfera de sonho, de romance e de humor. Se caprichássemos, seria uma apresentação bonita. Contudo, o trio à minha frente não estava nada empolgado e me desanimando por completo.

— Vocês querem mudar de peça? — perguntei.

— Acho que seria uma boa — disse Maria Cecília. — Tô achando essa peça muito confusa mesmo.

— Não tem uma que virou novela? A gente podia usar essa, acho que é *A megera domada* — disse Karol.

Aquele *acho* da Karol não me desceu. Ela não viria com um título assim sem ter pesquisado. Tinha a sensação de que tudo que escolhia ou fazia era ruim. Não reconhecia mais meus ex--amigos e nem tinha mais ideia de como podíamos nos acertar de novo. Estávamos descendo a ladeira da amizade abaixo, correndo e sem freio. O baque era certo.

— Se vocês quiserem, posso ver outra peça... — disse com vontade de chorar, mas me segurando para não deixar nenhuma lágrima rolar na frente deles. Pelo menos, esse gostinho de satisfação eu não daria.

— Era bom — confirmou Toni.

— Peraí, gente! — interveio Caetano. — A peça não tá pronta, né? A gente começa a ensaiar hoje à tarde. Gostei desse negócio de uma pessoa que gosta de outra, mas é apaixonada por outra, aí vem um ser mágico e *puft!*, pinga poção mágica nos olhos do povo e complica mais as coisas. Vai ser engraçado. Quero fazer esse Bute, esse personagem atrapalhado aí.

Karol fez uma careta. Largando a peça sobre a mesa, Toni soltou um:

— Melhor trocar por outra.

Maria Cecília deu de ombros.

— Vai atrasar os ensaios — tentou interceder mais uma vez Caetano, inutilmente. — A gente já podia se reunir hoje à tarde.

— Então, o que é que vocês querem? — perguntei.

Uns não responderam, e outros soltaram um "sei lá". Tudo voltou à estaca zero. E, vendo as folhas da peça que digitei com tanto carinho jogadas, não consegui me conter:

— Vou no banheiro enquanto vocês decidem!

Assim que saí da sala, as lágrimas desceram pelo meu rosto. Frustração, raiva, tristeza, solidão. Mas não fui para o banheiro. Caso alguém me procurasse por lá, não me encontraria. Corri para a biblioteca. Queria me esconder no meio das prateleiras, em meio aos livros, entrar dentro de um deles magicamente até, se fosse possível.

PIETRO

Eu tinha estudado muito. Estava me sentindo o próprio Joseph Fiennes, o Shakespeare do filme. Aliás, até melhor que ele.

Como gosto desse filme! E eu nem tinha nascido quando ele estreou! Lembro que a professora Cris trouxe para a gente assistir ainda no primeiro semestre, entre as aulas de Renascimento e Classicismo.

Aí, fiquei me imaginando naquela época fazendo teatro. Já pensou? No filme, tinha certo encanto, mas na realidade deveria ter bem menos. As coisas eram meio precárias, muito improviso na parte cênica.

Quando o povo fala em Shakespeare, todo mundo pensa em reis, rainhas, castelos, figurinos e cenários luxuosos, como no filme que a gente viu, mas o mundo real era bem diferente. Papéis femininos eram interpretados por homens. A cenografia dependia muito mais da imaginação.

Como Cris disse em uma das aulas da semana passada, quem sabe as apresentações das peças de Shakespeare não eram mais próximas do nosso Festival do que a gente pensa?

Já os adolescentes Romeu e Julieta, vou confessar que achei eles meio exagerados. Romeu tinha a minha idade, quinze anos, mas volúvel que só ele. Em um dia amava Rosalinda, no outro amava Julieta, que tinha treze.

Pense em um amor desesperado. Em um dia se conheciam, no outro se casavam... No meio dessa história toda, duas famílias que nem lembravam mais o motivo de tanta rivalidade.

Já o meu rival, eu teria que enfrentar à tarde, quando seria o famigerado teste. Mas o professor de Geografia faltou. Ele sempre falta. Então, a gente aproveitou a aula vaga daquela manhã de segunda para adiantar esse negócio.

— Vamos lá! — comandou Sofia. — Hoje a gente bate o martelo sobre os personagens. Quem vai ser quem em *Romeu e Julieta*? Logo as damas. Quem se candidata à Julieta?

Apenas Sofia levantou a mão.

— Oxe! Como assim? — espantou-se ela.

— Tem muita fala! — argumentou Adrielly.

As outras meninas da sala não quiseram encarar a quantidade de diálogos.

Porém, no fundo, todo mundo sabia que Sofia era a melhor para fazer a Julieta. Algo tão certo quanto eu no papel de Romeu. No meu caso, tudo mudou por culpa de Vinícius. Que mala!

— Então, tá — disse Sofia. — Farei Julieta com todo o prazer. Vamos decidir quem vai ser Romeu.

— Uma coisa. — Caio levantou a mão. — Acho que o casal tem que ter química. Um tem que olhar pro outro e a gente tem que acreditar que tão apaixonados.

— Ui! — fez Sofia.

— E vai ter beijo? — quis saber Vanessa, que não ajuda em nada, mas adora se meter. — Tem que ter beijo!

— Quem decide se vai ter beijo, selinho, acho que é Sofia — argumentou Adrielly. — Quem vai beijar ou não, é ela. Quem tem que decidir, é ela.

Eu já tinha ficado com Sofia na festa de São João da escola. Por mim, sem problemas. Só não sei se ela se sentiria à vontade...

— Pode ser sem beijo... — comecei a dizer, quando fui interrompido.

— Topo.

A turma inteira fez uma algazarra tremenda. Tive que intervir.

— Pessoal, pessoal! Tá tendo aula na outra sala. O professor vai vir aqui reclamar.

A turma se aquietou um pouco.

— Vamos logo ao teste — disse Vinícius. — Eu começo.

— Bora lá — comandou Sofia. — Cena da varanda.

Quando Vinícius iniciou a apresentação, tenho que admitir, que transformação! O cara nem parecia mais ele mesmo. Era outro! Um Romeu apaixonado. De verdade.

Aí, entendi o motivo de ele querer tanto o personagem. Ele está a fim de Sofia! Porém, ela não pareceu muito a fim dele, não. Os olhares não se conectaram. Na minha humilde opinião, faltou alguma coisa na cena. A *química* de que Caio falou.

Foi então que lembrei uma coisa, o beliscão que Vinícius deu na minha bunda.

Quando Cris trouxe *Shakespeare apaixonado* para a gente assistir, eu estava naquela conversa mole com Sofia, e ela me deu um beliscão durante o filme. Vinícius tinha visto, eu vi.

Porém, enquanto o dela foi uma mistura de carinho e safadeza, porque as meninas elogiam o tamanho da minha bunda, o dele foi com inveja.

Ele queria o meu papel, ele queria ser eu no coração de Sofia.

— Sua vez — anunciou Adrielly.

Confesso que no começo fiquei nervoso. Quase que nem eu mesmo entendi a primeira fala que disse. Depois, respirei fundo e pedi para recomeçar.

Vinícius tentou argumentar que não valia. Sofia pediu para ele calar a boca e não atrapalhar.

Então, recomecei e olhei para Sofia como na festa de São João da escola, e ela retirou o rosto meio envergonhada, acho que ela também lembrou.

— Aaaaaeee! — gritou Vanessa atiçando.

— Xiu! — pediu Caio.

Continuei.

Cena feita. Personagem ganho. Não por unanimidade na votação, porém ganhei.

— Romeu e Julieta são os principais — disse Vinícius. — E se alguém fica doente no dia do Festival? É preciso pensar num substituto, né? Posso ser reserva do personagem.

Não gostei da sugestão. Era como se ele estivesse desejando algo de ruim para mim. Eu, hein!

YASMIN

— **Vou assistir.**

Minha turma estava começando a ensaiar. O professor de Geografia tinha faltado, e a gente resolveu aproveitar o horário, quando Andrei apareceu na porta da minha sala.

— Como assim? — perguntei, sem acreditar nos meus ouvidos.

— Não sabe o que quer dizer assistir?

O tom grosseiro de Andrei me magoou muito. Mais uma vez.

— Não tem necessidade.

— Já participei desse negócio — disse ele entrando na sala sem pedir licença. — Posso dar umas dicas. Minha turma ficou em segundo lugar quando eu era do primeiro ano. Faz dois anos. Mas entendo da coisa.

Também não acreditei no que os meus olhos viram em seguida. Andrei ali, sentado, com a perna esquerda pousada sobre o joelho direito e os braços esticados sobre as cadeiras próximas, sentindo-se dono da minha sala, da minha vida.

Respirei fundo.

— Sem se meter — pedi.

Ele mostrou as palmas das mãos como em um gesto de "tudo bem".

Mari olhou na minha direção, desconfiada. Diogo, idem. A chegada do meu namorado tinha atrapalhado o ensaio.

— Como é mesmo que você quer eu fale? — perguntou Mari.

Não estava rolando muita química entre a nossa Desdêmona e o nosso Otelo. Mari ainda estava meio travada. E nem tínhamos a peça toda, só umas três páginas e meia.

— Você tem que se mostrar mais apaixonada.
— Mais romantiquinha?
— Exato — confirmei.

E olhei para Andrei. Ele vergou o corpo para a frente, apoiando os cotovelos sobre os joelhos, prestando atenção até demais.

A presença de Andrei piorava a timidez da Mari e eliminava qualquer concentração dos meus colegas de turma para ensaiar. Mari e Diogo fizeram a cena pior do que antes.

— Melhor você mostrar pra gente como quer — sugeriu Diogo, deixando óbvio que precisaríamos ensaiar bastante.

Tá — falei com receio. — Vou fazer o papel de Mari...

— Mas quem tem que fazer é Mari — disse Andrei se levantando. — Não é ela que vai fazer a personagem? Então ela que tem que ensaiar até ficar bom. Se você fizer, não vai ajudar em nada.

Nem vou me estender sobre a frase de Andrei, porque a argumentação dele não estava sendo muito coerente. Às vezes, o diretor precisa mostrar mais ou menos como se faz. Simples assim. Mas se eu olhasse para Diogo como queria que Mari olhasse...

Eu me voltei para a minha amiga, depois para Andrei:

— Olha, você tá deixando Mari mais tímida do que ela já é. — Fiz uma massagem nos ombros dele enquanto o conduzia para a porta. — Com gente de outra sala aqui, ela não vai conseguir ensaiar. Se Mari precisa fazer, deixa ela sossegada...

— Quer dizer que você quer que eu vá embora?

O sentido daquelas palavras era bem outro, mas eu já estava me sentindo culpada demais por ter usado Mari como desculpa, quando, na verdade, quem queria que ele fosse embora era eu.

— Quero — disse.

— Então, tá. Depois não ache ruim se não me encontrar. — E me deu as costas, indo embora sem nem um beijo.

LUCA

Cheguei correndo na sala depois da reunião com Mário, o professor de Informática. Na turma, somente três pessoas.

— Cadê o pessoal?
— Espalhado pela escola — disse Débora.
— Aconteceu alguma coisa?
— O representante não tava aqui pra colocar ordem na casa — disse Lívia, a menina mais estressada da minha turma. Ela vive brigando com todo mundo.
— Cada um tem as suas responsabilidades.
— O pessoal não tá nem aí pras suas responsabilidades.
— Todo mundo combinou de escrever junto a peça, fazer a reunião, dividir as cenas, separar os grupos para digitar os diálogos. A turma conseguiria começar mesmo sem mim.
— Mas você é o diretor — retrucou Lívia.
— Sou só o representante da sala. Não sou rei, pra mandar no povo.
— Tá mais pra bobo da corte mesmo. Agora, tá todo se achando aí com a monitoria no Laboratório de Informática.

Muito injusto o que Lívia falou.

Primeiro, uma coisa não tinha nada a ver com a outra. É claro que eu precisava me dedicar ao laboratório, tinha as reuniões e todas as tardes de segunda à sexta precisaria ficar lá, tinha passado na seleção da bolsa justamente para isso. O pessoal teria que entender e colaborar.

Segundo, eu entendia e ajudava todo mundo. Várias vezes coloquei nome de gente em trabalho em grupo só para quem não pôde fazer não ficar sem nota. Por que eles não poderiam me dar força nesse momento? Mas sei por que Lívia falou aquelas coisas, ela fez a prova para a monitoria e não passou. Estava descontando a frustração em mim.

— Peraí, Lívia — rebati. — Eu tô me esforçando também. Já li a peça inteira.

— Tô preocupada — confessou Débora. — Antes, tava todo mundo superempolgado. Agora que os preparativos deveriam se iniciar, ninguém tá nem aí. Sem falar que a peça da gente é complexa, difícil.

— Ainda tem quinze minutos pra próxima aula — conferi, olhando a tela do celular. — Bora tentar reunir o pessoal?

— Vá lá. Quem sabe você eles escutam — disse Lívia.

— Vou mandar mensagem de novo no grupo — avisou Débora, já digitando. Preferi não esperar. Fui atrás do pessoal no baobá, na cantina, na biblioteca e no banheiro. Quando consegui reunir todo mundo, o sinal tocou indicando o final da aula vaga. O professor de História nem demorou para aparecer com o data show e os famosos slides dele.

Me senti um bobo, todo suado por ter andado a escola toda procurando o pessoal em vão. Mas eu não devia pensar assim. Fiz aquilo que acreditava ser certo. Falando nisso, não acho mais que eu deva fazer esse papel, mas outro. O de Edgar.

Já ia me esquecendo de avisar ao professor de História que precisaria sair cinco minutos mais cedo da aula para pegar meu horário da monitoria.
— Eu não disse?
Nem olhei para a cara da Lívia, para não me chatear ainda mais.

BIA

Amigos.

Os livros, esses, sim, são meus verdadeiros amigos. Neles, passo os meus fins de semana amargos. São minha companhia silenciosa em uma casa de duas mulheres, minha mãe e eu. Ainda bem que na escola trocaram o Dia dos Pais pelo Dia da Família. O Dia das Mães, também. Melhor assim, nem todo mundo tem família de comercial de margarina. Se é que esse tipo ainda existe.

Quando fizemos uma visita técnica, é assim que se chama o nosso passeio pedagógico no Ensino Médio, e ajudei os professores a recolherem as autorizações e as cópias de identidade da turma, notei que, assim como eu, alguns não têm o nome do pai no documento. E tem vários com sobrenome Silva, iguaizinhos a mim. Não sei da história de cada um, sei apenas da minha, que escondi durante muito tempo e com muita vergonha.

Meu pai não me quis. Minha mãe, que conheceu ele no trabalho, acreditou na história dele, que estava saindo de um relacionamento e que ficaria com ela. Mentiras. Depois da notícia da gravidez, avisou que voltaria para o Sul e até sugeriu que ela me abortasse. Covarde. Mas eu era fruto de um amor. Minha mãe seguiu a vida sozinha. Outro dia, ela confessou que se arrependeu de não ter colocado ele na Justiça; na época, ele estava desempregado e ela teve pena, no entanto, teria dado uma vida melhor para mim. Nem tudo acontece da forma mais justa. Já dizia Shakespeare, em uma das falas de Helena, em *Sonho de uma noite de verão*, que o amor é uma criança, por isso é tantas vezes enganado.

Pequena, ainda pensei em viajar para o Sul, ir atrás do meu pai, bancar a aventureira, heroína em busca das próprias raízes, procurando pistas sobre essa figura que até hoje me é desconhecida. Entretanto, agora não quero mais. Não vou abrir feridas cicatrizadas. Vou continuar com minha vida, com minha mãe e com meus livros. As mais sábias companhias.

Porém, recentemente, mesmo com eles, me distrair tem sido cada vez mais difícil. Sem amigos de carne e osso para comentar o que leio, a leitura perde um pouco de sentido para mim. Mesmo assim, a biblioteca, naquele momento, após ficar extremamente mal depois de todo o desdém dos meus colegas de turma, era o melhor refúgio para mim.

Ao entrar, sorri para a bibliotecária e disse:

— Aula vaga.

Ela confiava em mim. E não fez mais nenhuma pergunta. A aluna certinha da escola. Todo mundo confiava na perfeita Ana Beatriz Silva do 1º ano A. Que asco de mim mesma!

O sinal tocou. Avisando para todos que a minha aula vaga de Geografia tinha acabado. O professor faltava muito. Mesmo devendo voltar para sala, procurei uma das prateleiras mais afastadas e me sentei no chão, agindo como se minha aula vaga estivesse começando, e não terminando. Dobrei as pernas e fiquei lendo aleatoriamente as lombadas dos livros. O mesmo corredor de Shakespeare. Peguei *Romeu e Julieta*. Não para ler, mas para fingir que lia e não chamar a atenção. Não revelar que a menina mais inteligente da escola era a mais burra para fazer amigos. Ninguém gostava de mim de verdade.

— Bia?

Do outro lado da estante, Pietro. Não tinha notado ele por ali. Não soube se ele tinha chegado antes ou depois de mim.

— Oi... — falei.

— Zé Carlos já foi pra sua sala. Acabou de sair da minha. Vai entregar as notas.

— Eu sei.

Imaginei o resultado. Nenhuma novidade. A cara de Pietro foi de quem não entendeu meu total desinteresse. Não movi um centímetro para me levantar.

— Eu vi o professor logo cedo — expliquei. — Mas não quero ir pra aula. Quero ficar aqui sozinha.

Não sei como. Contudo, foi o que eu disse. As sobrancelhas de Pietro se ergueram, surpresas. Ele ficava ainda mais bonito quando fazia essa carinha inocente. De inocente, entretanto, ele não tinha nada. Acho que já tinha ficado com umas duas ou três meninas naquele ano. E foi sem pedir licença que ele se sentou ao meu lado.

— E aí? Quer me contar o que é que tá rolando?

Me surpreendi com a atenção dele. E também com o carinho na voz. Porém, revirei os olhos, fingindo que não era nada de importante.

— Não precisa se preocupar. Besteira minha.

— Não é besteira. Se pra você importa, então não é besteira. Conta aí. Eu gosto de uma fofoca. Prometo que não espalho.

Eu ri e cocei meu pescoço sem saber se falava ou não. Ele provavelmente acharia a maior bobagem do mundo.

— Acho que não sei fazer amigos.

— Não?!

Confirmei com um movimento de cabeça.

— Hum... — fez ele. — Agora entendi... Por isso que nunca mais vi você andando com Karol, Toni e Maria Cecília. No começo do ano, vocês voltavam juntos pra casa, né? Eles brigaram com você?

Me espantei com a observação de Pietro. Até pensei que perguntaria se quem se desentendeu com eles tinha sido eu, porém, foi o contrário. Respondi:

— Oficialmente, não. Eles foram ficando diferentes, e fui me afastando. Agora, com o Festival de Literatura, é que a gente tem divergido muito.

— Divergido. Palavra bonita. Mas você sabe que as pessoas mudam, não é?

— Como assim?

— Assim como um ator muda de acordo com o personagem, as pessoas mudam de acordo com os seus interesses. É normal, é humano. Às vezes, desumano, até.

— Dizem que as pessoas não mudam.

— Talvez não mudem na essência. E a gente só muda pela gente, nunca pelo outro. Mudança pelo outro não se sustenta. Penso que a mudança ocorre quando a gente se enxerga de verdade e quer melhorar, fazer diferente. Ser os nossos sonhos.

Não sei se estava entendendo Pietro. Acho que ele começava a falar dele e se esquecia de mim. Fiquei curiosa para entender porque ele pensava que uma mudança por outra pessoa não se sustentava. Interrompendo bruscamente meus pensamentos, ele pôs a mão dele sobre a minha.

— Não fica assim. Amigos e amores são que nem passarinho. Quando um voa para longe, outro pousa pertinho.

PIETRO

Deixei minha mão sobre a de Bia e, com o canto dos olhos, esperei para ver a reação dela. Não descobri se ela tinha gostado ou não, se tinha entendido minha indireta ou não. Na dúvida, retirei a mão.

— E você mudou? — perguntou ela.
— Acho que mudo o tempo todo.

Bia riu do modo como eu disse e quis saber detalhes.

— Entrei aqui por dois motivos: uma das melhores escolas públicas da cidade e pra aumentar minhas chances no vestibular. Meus pais querem que eu faça um daqueles cursos mais tradicionais. Medicina, Direito, Engenharia, essas coisas. Mas quero algo diferente.

— Tipo?
— Teatro.
— Sério?! É por isso que você postava aqueles vídeos nas redes sociais?
— Você acompanhava?
— Acho que a escola inteira.
— Pois é... Dei uma parada. Preciso voltar. Só que arte não dá muito dinheiro, né? Poucos conseguem sobreviver com ela. Então

como vou me sustentar? O povo vive falando em crise e que as pessoas não valorizam a arte. Vou ter que pensar num plano B. Pelo menos de início. E você?

— Vou fazer Medicina. Mas é porque quero mesmo. Gosto de estudar. Biologia é minha paixão, embora goste também das outras matérias.

— Literatura, né? — falei, indicando com o queixo para o *Romeu e Julieta* que ela segurava.

— Cris faz a gente gostar ainda mais de ler.

— Sim. Tava ansioso pelo Festival por conta disso.

— Voltando um pouco... — interrompeu ela. — O que é que os seus pais acham desse seu sonho?

— Que tô perdendo tempo. Mas tenho tempo, né? Tô no primeiro ano ainda. O tempo vai dizer o que vou fazer da vida, afinal. Ou eu mesmo. Também queria que meu pai fosse um pouquinho mais flexível, que nem o seu Capuleto aí da história que deixa a filha livre pra amar quem quiser.

— Exceto Romeu.

— Exceto teatro.

Ela riu e achei lindo aquele sorriso. Como é que não tinha reparado na Bia esse tempo todo?

— E você, vai fazer Romeu mesmo?

— Vou. Quase que não, mas vou.

— Por quê?

— Vinícius quis roubar meu papel. Quer dizer, inventou uma história de teste. Mas acabei ficando com Romeu mesmo.

— Vocês vão ganhar.

— Ih, já tá entregando os pontos? Pensei que ia dizer pra eu me preparar porque você ia vir com tudo.

Sim, era mais uma indireta. Não colou. Será que estava perdendo meu encanto? Minha lábia não era mais a mesma? Ou eu já estava apelando?

Bia é uma garota muito inteligente. Esses truques não funcionam com ela. Talvez eu não precise representar o papel de galã da escola. Talvez precise apenas ser eu mesmo. Pietro.

— Qual é a peça que vocês vão fazer?
— *Sonho de uma noite de verão.*
— Já li. É muito boa! Vai ser a única comédia, né? Escolha estratégica.

Bia concordou com um movimento de cabeça. Uma mecha de cabelo caiu sobre seu rosto. Não me contive.

Pois é. Não me contive mesmo. Com o polegar, afastei com delicadeza a mecha enquanto perguntava:

— Qual é o seu sonho?

Ela olhou dentro dos meus olhos, lendo minhas segundas intenções. Confesso que fiquei meio tímido com aquele olhar, porém, depois do quase beijo lá na sala dos professores, eu não vinha pensando em outra coisa que não fosse beijar Bia.

Ela é uma menina diferente de todas com quem já fiquei. Ela não ficaria com uma pessoa somente para ficar bem na foto. Acho que ela iria me querer para algo a mais. Como agora. Uma boa conversa.

Ela sorriu e baixou um pouco o rosto. Devagarinho, deslizei as costas da mão até o queixo dela, fazendo um carinho. Ela fechou os olhos, gostando.

Nunca achei uma garota tão linda como Bia naquele momento.

Me aproximei mais dela, colocando um braço sobre seus ombros e procurando o rosto dela para um beijo. Completo agora. Porém, assim que nossos lábios se tocaram, ouvimos:

— Vocês viram Andrei? Opa! Perdão!

Era Yasmin.

YASMIN

Que gafe a minha!

Estava tão preocupada por não encontrar meu namorado em lugar algum que atrapalhei o beijo de Bia e Pietro. Não sabia que eles estavam ficando.

— Foi mal, gente — disse e já ia indo embora quando voltei. — Já que eu atrapalhei mesmo, vocês não viram Andrei não, né?

Outra gafe! Agora sem sentido. Andrei não era do tipo que iria se esconder em uma biblioteca. Eu não agia mais no meu normal.

— Tá tudo bem? — perguntou Pietro.

Hesitei antes de soltar um "Tá" que não convencia ninguém.

— Já vi que hoje o colégio tá animado — disse ele, se levantando e me despertando dos meus pensamentos.

— Por quê? — quis saber, tentando fingir que não estava distraída.

— Todo mundo gazeando aula. Menos eu, é claro.

Troquei um olhar com Bia. Ela desviou o olhar. Todo mundo sabia que ela era a menina mais inteligente do colégio. Ali era 1.000 na redação do Enem na certa. Ela gazeando aula era novidade.

Mas não era da minha conta se ela estava fugindo da aula e dando uns pegas em Pietro, eu já tinha problemas demais.

Andrei.

Acenei e me retirei.

Desolada, me sentei na frente da biblioteca e fiquei pensando na história que a gente estava ensaiando. Fiquei a semana passada toda lendo. Gostei da peça. Mas também fiquei assustada.

A imagem da minha vó com o indicador enrugado tocando a capa do livro com firmeza sempre voltava à minha cabeça. Parecia um alerta para que eu prestasse atenção em algo.

Na trama, Desdêmona, *que nome estranho*, depois descobri que significava "a de má sorte", tenso, como diria Mari... Desdêmona era filha de um senador de Veneza e casara escondida com Otelo, o mouro. Ele era acusado pelo pai dela de ter feito alguma feitiçaria para que a filha se apaixonasse por ele. Diferenças na cor da pele, na religião, na cultura... O preconceito que ainda encontramos nos dias de hoje nas palavras de Shakespeare, em uma peça escrita há séculos.

Além do preconceito, a inveja. Iago, o alferes, uma espécie de soldado, não aceitava que Otelo fosse promovido, e ele, não. Para Iago, o posto de comandante para lutar contra a invasão turca deveria ser dele. Aí, arma um plano para destruir a vida de Otelo.

Então, o ciúme. Um lenço, comentários aqui e ali, a personalidade insegura de Otelo, e os caminhos para a tragédia estavam armados. Mas se Otelo tivesse confiado mais no amor dele, mais em Desdêmona...

Por que as pessoas se recusavam a acreditar na realidade?

Fiquei pensando se, na verdade, era necessária mesmo a presença de um Iago para fazer aquele estrago todo. Fiquei pensando em Andrei. Será que alguém tinha espalhando fofoca? Ou o Iago que eu procurava estava dentro da cabeça do meu namorado?

É muito mais fácil a gente culpar o outro quando a desconfiança mora dentro da nossa cabeça. E tinha uma fala na peça, da personagem Emília, que dizia algo parecido. O ciúme era um monstro que nascia da própria pessoa.

Mas ciúme é natural, todo mundo tem. Andrei é muito bonito, até eu tenho... ou tinha. Nem sei mais. Todo mundo briga, todo casal. Até minha mãe e minha avó discutem às vezes por umas bobagens... Mas tinha algo diferente ali que permanecia entre as duas. Tinha algo diferente no meu relacionamento com Andrei.

Abracei *Otelo* quando acabei a leitura, no domingo à noite. No instante seguinte, atirei o livro para longe de mim. Ele foi parar nos pés da cama.

Otelo tinha assassinado a própria mulher por ciúme. No mês de março, teve uma atividade na escola discutindo violência contra a mulher. Violência física, verbal e psicológica... Andrei nunca tocou em mim... sempre muito carinhoso... uma pegada que me deixa sem ar! Mas o que ele vem dizendo, o que ele vem querendo...

O sinal tocou, anunciando o fim das aulas daquela tumultuada manhã de segunda.

Para não pensar mais em Andrei nem em *Otelo*, muitos menos nessas reflexões da véspera, me levantei. Se continuasse pensando muito, talvez encontrasse a resposta que tanto buscava, mas tinha medo do que poderia acontecer.

Por que não tentar me acertar com Andrei? De novo.

Vi Luca na porta do Laboratório de Informática. Tinha me esquecido de procurar Andrei ali.

LUCA

— **Não vi.**

Respondi para Yasmin assim que ela me perguntou por Andrei. Na certa, tinham brigado de novo. Era visível que estava preocupada. Bem diferente do que vi antes das férias, os dois sempre agarrados e juntinhos embaixo do baobá.

Quando a professora Cris passava, brincava com eles:

— Olha a saliência, viu?!

Todo mundo ria. Agora estava difícil alguém rir. Incluindo eu.

Tinha acabado de receber do professor Mário meus horários de monitoria no laboratório. Se eu quisesse ensaiar com minha turma para o Festival, teria que chegar um pouco atrasado ou sair mais cedo.

Como é que eu vou pedir isso ao professor logo na primeira semana de monitoria?

A turma não vai gostar nada da minha ausência. Mário com certeza, não. No entanto, eles têm que entender. Balancei a cabeça. Eles não entenderiam.

Tive vontade de dar um grito no meio da escola. Um sonoro palavrão para aliviar o que eu sentia. Porém, ninguém tinha nada a ver com meus problemas. Me contive.

— Relaxa — disse a Yasmin, querendo que alguém me dissesse o mesmo.

Então, vi Bia e Pietro saindo da biblioteca. Ela, com o rosto vermelho e um olhar desconfiado. Pietro tocou no ombro dela, e eles vieram na nossa direção.

— E aí, Luca? — disse ele. — Vocês vão ficar com *Rei Lear* mesmo?

— Sim.

— Pegaram a peça favorita de Cris, né? Sacanagem, hein?!

— Só que quem vai julgar são os outros professores — defendi, para que não dissessem que a gente estava babando Cris. — E vocês? — perguntei para Bia e Yasmin.

— *Otelo, o mouro de Veneza* — respondeu Yasmin.

— A gente ainda não decidiu — contou Bia. — Estamos com o roteiro pronto para *Sonho de uma noite de verão*, mas tem gente querendo mudar.

— O povo sempre quer mudar tudo.

— O problema mesmo é ensaiar.

— Ou fazer o roteiro.

— Ou a galera implicando com o tamanho das falas.

— Ou querendo colocar personagens que não existem.

— Ou tirar outros.

— Nem leram a peça direito.

— Querem mudar tudo.

— Tem horas que mudar é bom. E também, necessário.

— Acontece cada situação...

— E treta!

Depois de um tempo, a gente riu.

Todas as frases poderiam ter sido ditas por qualquer um de nós. Todos tínhamos problemas. Os mesmos problemas...

— E aí, meus representantes lindos? — perguntou Cris, passando pela gente. — Tudo pronto para o nosso Festival?

Trocamos olhares e sorrisos cúmplices, e dissemos:

— Então.

— Tudo.

— Na paz.

— Difícil vai ser o júri escolher a melhor peça este ano.

— Que bom! — disse ela. — Vocês se organizem direitinho nesta semana, que, na próxima, vou ensaiar um pouco com cada grupo! — Cris acenou se despedindo, e nós acenamos de volta.

Quem falou sobre vitória fui eu. Não porque achava que a disputa estava acirrada. Pelo jeito que as coisas andavam, ou melhor, *não* andavam, pensei até mesmo que o próprio Festival estava ameaçado.

BIA

Besta.

Foi assim que me senti na segunda-feira seguinte. Cheguei cedo na escola, fui para a sala, praticamente implorando para a moça da limpeza deixar a porta aberta, e lá fiquei no meu notebook, tentando terminar a adaptação de *A megera domada*. Quando Karol, Toni e Maria Cecília entraram, disseram que não precisava mais, iríamos fazer mesmo *Sonho de uma noite de verão*.

— Sério?

— Pesquisei no final de semana, e essa peça é boa, sim — disse Karol. — É até considerada uma das melhores de Shakespeare.

— Sem falar que vai ser a única comédia deste ano — concordou Toni. — Vai ser um diferencial.

— Enquanto todo mundo faz o júri chorar, a gente vai fazer sorrir — ajuntou Maria Cecília.

Tive vontade de chorar. Na terça passada, ainda tentei convencer eles de que *Sonho de uma noite de versão* era uma boa. Não quiseram. Li *A megera domada* e adaptei tudo praticamente sozinha. Caetano enviou umas cenas, que precisei refazer, e Karol que disse que ajudaria, não mandou uma linha até o sábado à noite. Passei o domingo inteiro lendo, relendo e escrevendo *A megera domada* para o pessoal voltar para a primeira opção. Fechei o notebook com um tapa. Os três se assustaram, entretanto esqueceram-se de que a megera daquela história toda não era eu.

— Então, tá — falei. Em seguida, perguntei: — Por acaso, já decidiram que personagem querem ser?

— Quero fazer Oberon, o rei das fadas e dos duendes — respondeu Toni.

— Helena — disse Karol.

— Hérmia — disse Maria Cecília.

— Ou Hérmia — disse Karol.

— Ou Helena — disse Maria Cecília.

— O importante é fazer as protagonistas — disse Karol.

— Isso mesmo — disse Maria Cecília.

Elas estavam fazendo isso de propósito para testar ao máximo a minha paciência. O que é que eu tinha feito para elas? O sinal tocou. Meu celular, também. Dei de ombros, que escolhessem o que quisessem, e saí da sala para atender à chamada antes que José Carlos chegasse. Era Pietro.

— Oi — falei, retomando a minha felicidade.

— Quero te ver no intervalo.

Quando levantei meus olhos, devido ao tom tão direto, percebi que Pietro vinha pelo corredor, com o celular ao ouvido e aquele sorriso lindo no rosto. Fiquei sem graça. Entretanto, continuei conversando ao celular. Ainda havia outros alunos espalhados pelo corredor.

— Na biblioteca? — perguntei.

— Isso — confirmou. — A gente já pode contar pro mundo que a gente tá namorando?

Arregalei meus olhos. Pietro e eu andávamos conversando, nos aproximando cada vez mais. Aquilo era um pedido de namoro? Não queria que ninguém suspeitasse de nada. Ainda.

— Não, não.

— Então tá — concordou enquanto passava com um sorriso maroto ao meu lado. Passou muito próximo, quase esbarrando. De propósito. Um propósito bom.

— Besta — falei ao celular, mas alto o suficiente para que ele escutasse diretamente de mim.

Ele riu. Desligou o aparelho e acenou para mim antes de entrar na sala. O professor de Matemática surgiu na outra ponta do corredor. Mais uma vez, entrei no 1º ano A me sentindo besta. Agora, no melhor sentido da palavra.

PIETRO

— **A gente pode conversar?**

Sofia fez a pergunta tão perto de mim que parecia que ia me beijar. Fiquei desconcertado.

— Agora?

Ela fez que sim. Porém, eu tinha combinado de me encontrar com Bia na biblioteca. Olhei a hora no visor do celular. Vi que uma mensagem tinha chegado.

Bia pedia para eu esperar cinco minutinhos que ela ia comer algo rápido na cantina. Não tinha tomado café antes de sair de casa. Respondi com um emoji de olhinho piscando e disse para Sofia:

— Tenho cinco minutos.

Fomos para o lado do baobá.

Não pudemos conversar direito. Muitos alunos estavam na área. Ela puxou minha mão me guiando um pouco mais para baixo. Depois, retirando uma das minhas pulseiras, falou, enquanto a colocava nela:

— Sabe, Pietro, com essa história toda de *Romeu e Julieta*, fiquei pensando na gente.

Não disse nada. Já previa o rumo da conversa.

— Desde aquele dia do teste, fiquei imaginando a gente, lembrando da gente. Formamos um casal bonito, né?

Ela foi tirar outra pulseira minha. Não deixei.

— A peça vai ficar legal — falei, tentando sair dessa situação embaraçosa.

— Mas não quero beijar você só na peça — disse ela com os olhos muito dentro dos meus.

Se fosse outro momento, teria dado um beijo nela ali mesmo, nem me importando com o pessoal ao redor.

Porém, passei o fim de semana todo conversando com Bia. A gente conversou sobre a história de Píramo e Tisbe, a peça dentro da peça de *Sonho de uma noite de verão*, e as semelhanças desse amor trágico com a trama de *Romeu e Julieta*.

— Pietro? — insistiu Sofia, esperando que eu dissesse algo. Quer dizer, que fizesse.

Que clima chato ficaria nos ensaios com Sofia depois dessa declaração! Por que ela, depois de me esnobar tanto durante as férias, veio com essa conversa mole?

— Desculpa. Beijo só vai ser possível na peça. Tô em outra — fui obrigado a falar.

Ela fechou a cara.

— Me devolve a minha pulseira — pedi.

— Não — disse ela.

— Por favor, devolve.

— Pelo menos, com essa recordação eu fico.

— Então, fica — disse e fui para a biblioteca.

Me sentei no chão no mesmo corredor onde encontrei Bia na segunda passada e fiquei relembrando de toda a conversa com Sofia enquanto olhava para o meu punho, onde faltava uma pulseira.

Era para eu ter sido mais persistente. Ela levou a minha pulseira favorita. Nesse instante, uma ideia invadiu minha mente e me dei conta de uma coisa que não tinha percebido. E eu tinha lido *Otelo*, de Shakespeare, durante a semana.

Em um segundo, Bia apareceu ao meu lado. Na cara, a decepção estampada.

— Como é que você diz que quer ser meu namorado, mas dá uma pulseira pra Sofia?

YASMIN

Aprendi no ano passado a diferença entre "ir de encontro" e "ir ao encontro".

"Ir ao encontro" é quando as ideias se unem. "Ir de encontro" é o contrário, discordância, briga.

No começo do namoro com Andrei, nossos sentimentos e a vontade de conversar, de ficar junto, iam ao encontro um do outro. Agora, meses depois, parece que tudo que faço vai *de* encontro ao que ele gosta. Não estou mais conseguindo ser eu.

Confesso que tinha pensado nisso, mas ouvir da boca de Mari foi a prova de que não era impressão minha.

— Você tá mudando.

Sim, eu estou. E é para evitar briga com Andrei. Ele está cada dia mais ciumento. De uns tempos para cá, começou a criticar meu jeito. Sempre fui extrovertida, considerada a engajada da turma, a que debatia com os professores.

Nas aulas de Filosofia e de Sociologia, eu era quem mais participava. Até vinha discutindo feminismo, racismo e representatividade, devido a alguns canais que eu sigo na internet. Mas *era*. Passado. Pretérito.

O silêncio tomava conta de mim e me assustava.

Andrei resolveu dar uma de magoado. Pior, de quem estava com raiva. Em vez de me pressionar, criticar meu jeito, como fez no outro dia, embaixo do baobá, quando fiquei muito mal, mas muito mal mesmo, agora, ele resolveu sumir, dizendo que não quer conversar ou que está ocupado.

Ele quer que eu me sinta errada, culpada, a única responsável pelo que acontece no nosso relacionamento. Muito injusto da parte dele.

Eu jamais me esconderia para deixar alguém preocupado comigo. Eu sempre fui tão transparente com os meus sentimentos, tão sincera com ele...

Nessa manhã de segunda, ele me evitou. Usou um trabalho como desculpa. Logo ele, que volta e meia se escora nos colegas! Não insisti. Tinha ensaio à tarde e precisava focar isso. O Festival se aproxima.

Na hora do almoço, cadê a fome? Precisava conversar com Andrei. Tentei resolver. Liguei, ele ia usar outra desculpa, não deixei. Iniciamos outra DR. A sensação era a de que nosso namoro andava em círculo. Um círculo vicioso sem fim.

Chorei pela enésima vez desde a semana passada. Parei conforme a hora do ensaio chegava e porque cansei de fingir para a minha avó que nada tinha acontecido.

No caminho para a escola, deu vontade de terminar com Andrei. Me assustei e me arrependi dessa ideia.

Mas confesso que, no fundo, a possibilidade me agradou.

LUCA

Assim que saí do laboratório, no fim da tarde, corri para a sala. No corredor, pelas risadas que ouvi, percebi que a turma não estava ensaiando. De novo.

Deitadas no chão, Kaylane e Vanessa escutavam música. Flavinha, em um canto, respondia alguma atividade do livro no caderno. Igor e Tiago jogavam no celular, do outro lado da sala.

— Pessoal, era pra vocês estarem ensaiando — falei, tentando ser paciente.

— Eu vim pro ensaio — disse Kaylane.

— Eu também — disse Vanessa.

— Presente. — Flavinha levantou a mão sem tirar os olhos do livro.

As três filhas do rei Lear estavam na sala. Igor e Tiago fariam Edgar e Edmundo. Percebi que Pedro, que seria o rei, também estava, mas com os braços sobre a mesa da cadeira e com um casaco por cima, tirando um cochilo.

— Os protagonistas estão aqui. Por que vocês não tão ensaiando?

— Porque tá faltando o principal — disse Lívia. — O diretor.

Me senti angustiado. Mais uma vez, expliquei que só conseguia sair do laboratório às quatro e relembrei que o combinado foi que eles chegassem cedo para ensaiar, às duas da tarde.

— A gente chegou — disse Igor.

— Pontualmente — acrescentou Tiago.

— E a gente ensaiou — disse Kaylane.

— Uma cena — riu Vanessa.

Balancei a cabeça. Vanessa continuou:

— Pior foi na sexta, que nem todo mundo veio.

Pedro se levantou com cara de sono e, bocejando, falou:

— Eu queria fazer *Romeu e Julieta*, mas a gente vai fazer essa outra... Acho que a gente não vai ganhar, não.

Se minha turma continuar desse jeito, com esse nível de preocupação, garanto que no dia do Festival ninguém virá. Conheço as figuras. Antes faltar que passar vergonha coletiva era o lema deles.

— Vocês querem que a gente perca, é? — perguntei, perdendo a paciência.

— Cris passou aqui e disse que vai vir ensaiar com a gente agora às dezesseis horas. Pra motivar o pessoal. Débora foi chamar — avisou Flavinha.

Me sentei, no entanto, não iria me sentir culpado pelo provável fracasso da peça.

Primeiro, porque eu tinha combinado com eles. Eles ensaiavam e eu chegava às dezesseis horas. Qualquer um poderia ler as minhas falas enquanto isso.

Segundo, minhas falas estavam decoradas. O Bobo nem tinha tantos diálogos assim, e convenci todo mundo a comparecer. Falei individualmente com cada um pela manhã. Não era possível que só chegassem problemas.

Então, Igor se aproximou.

— Acho que não vou conseguir decorar isso tudo, não. Edgar não é um papel, são dois.

Para proteger o pai, o conde Gloucester, Edgar, que fora enganado pelo irmão, se disfarçava de mendigo e de louco. O personagem me fascinava. Porém, eu já estava com a impressão de que o Igor não daria conta do papel, e ele me vem com essa conversa mole agora... Não fiquei preocupado. Muito pelo contrário.

— Quer trocar comigo? — perguntei logo.

Ele topou e saiu feliz, pulando e colocando um chapéu de bobo que alguém tinha trazido e deixado em cima do birô, e só nesse momento eu notei. Mas o Bobo continuava sendo eu, que agora teria que decorar as falas de outro personagem. Suspirei fundo tentando relaxar e não me preocupar mais. Débora entrou correndo na sala.

— O teto do auditório cedeu!

Todo mundo se ergueu em um salto.

— Tinha alguém lá?

— Cris tava lá, Luca!

BIA

Susto.

Foi o que levei quando soube no dia seguinte, terça-feira, o que tinha acontecido no auditório com Cris. Ela foi mostrar o espaço ao novo cenógrafo, pois o do ano passado estava sem agenda, e ela precisou chamar outro. Ela sempre fazia uma vaquinha entre os professores para alugar uma cortina e deixar o local o mais apresentável possível para o Festival de Literatura. Todo mundo sabia disso.

O que ninguém sabia era que o gesso do teto estava quase se soltando e, exatamente na hora em que Cris mostrava o auditório, uma parte dele desabou, dando um banho de poeira sobre parte do palco e das cadeiras. Ainda bem que nem ela nem o cenógrafo se feriram. Foi apenas um susto. Um grande susto.

Aos poucos, a preocupação de todos os alunos foi se tornando outra. Como o Festival de Literatura ficaria sem o auditório? Bruno, o coordenador, passou comunicando que o local seria interditado e que mais tarde haveria uma reunião para ver a questão do novo espaço. Então, esse passou a ser o assunto da semana. Houve todo tipo de comentário, desde que era melhor cancelar o

Festival até apresentar no refeitório, o que permitiria que lanchássemos durante as apresentações; só que a acústica de lá não é tão boa. Outra alternativa seria a quadra mesmo, pelo fato de ter um pequeno palco por trás do gol, apesar de ela precisar de uma boa pintura faz tempo. Entretanto, apresentar lá não seria a mesma coisa que no auditório.

Marcamos dois ensaios à tarde naquela semana. Um na quarta, outro na sexta. Na sexta, só confusão.

— Não tem o menor glamour — foi o que disse Karol, que nem tinha decorado as falas dela ainda, reclamando pela enésima vez após a confirmação da quadra como local das apresentações deste ano.

Toni jogou as folhas da peça sobre o birô. Eu detesto quando ele faz isso. Ele não se esforça nem um pouco para decorar o personagem dele. O tempo está passando, e Toni só critica.

— Acho que a gente podia mexer um pouco nessas falas... — prosseguiu ele. — Tava pensando em incluir umas coisas e diminuir umas outras, que sei que não vou decorar.

Naquele momento, me senti dentro da própria peça de Shakespeare. Em *Sonho*, como estava chamando, tinha um grupo de trabalhadores que organizava uma peça, a história de amor, o título *Píramo e Tisbe*. O pessoal ficava se metendo, querendo alterar as coisas da peça. O mundo era assim complicado desde Shakespeare. Provavelmente bem antes disso. E é claro que com o meu 1º ano A não seria diferente.

— Bora ensaiar direito — chamou Caetano, praticamente puxando os colegas pela mão. — Eu, que vou fazer dois personagens, não tô reclamando. — Ele vai fazer Bute, o ser mágico que pinga a poção nos olhos dos personagens, e também o trabalhador-ator que tem a cabeça transformada na de um burro.

Eu me levantei também. Eu vou fazer Titânia, a rainha das fadas e dos duendes. No começo, eu nem pensava em atuar, apenas fazer os diálogos e pronto. Como nossa turma é a menor dos primeiros anos, e alguns não queriam subir ao palco, eram tímidos e tal, acabei ficando com esse papel para completar o elenco. Eu até faria dois papéis, com o maior prazer, o de rainhas das fadas e o do homem com cabeça de burro. Só que, como eles contracenam, é impossível. Ali na peça, porque na vida real é assim que eu me sinto. Fiquei direto da manhã para o ensaio à tarde. Meu almoço foi coxinha e um copo de refrigerante na cantina da escola. A repetição do mesmo lanche da manhã. E agora estava ali, com uma turma na maior má vontade para ensaiar. Meu *Sonho* virando um *Pesadelo* somado ao calor da tarde.

Da sala ao lado, vinha um pouco de barulho. A turma de Pietro também estava ensaiando. Pietro... Nós nos acertamos, apesar do mal-entendido provocado por Sofia. Ele se explicou. Eu confiei. Ler Shakespeare me fez perceber que tínhamos que desconfiar das aparências, do que diziam e de como diziam.

Pietro era diferente dos outros meninos. Com ele, dava para conversar sobre leituras, sobre futuro. E o nosso beijo casava demais. Não dava vontade de parar nem um segundinho. Ai, Pietro...

Ele me contou a história com Sofia. Pedi que ele omitisse algumas partes para eu não ficar pensando nas cenas que imaginei quando aquela garota preparou uma armadilha para mim na cantina, me contando mentiras nas quais acreditei. Conflitos são planejados para nos fazer mal. De propósito.

— Sua vez, Bia — avisou Caetano, retomando a direção da peça, outra função que ele acumulava.

Tentei ensaiar. Juro que tentei. Porém, a falta de vontade de Toni, Karol e Maria Cecília começou a me dar nos nervos.

— Vai, Toni. Faz Oberon direito — pedi.

— Tô fazendo direito. Você que é toda metida a perfeccionista, maior chata.

— É mesmo — disse Karol. — Quer mandar na peça inteira. E nem diretora é. Ainda fica com essa carinha de santa, mas maior traíra. Nem participou do sorteio de *Romeu e Julieta* pra bancar a diferentona.

Volta e meia, ela lançava uma indireta. Dessa vez, a pancada no meu rosto foi direta, forte demais. As lágrimas desceram sem que eu conseguisse controlar. Sem saber ao certo o que fazer, para onde ir e com quem contar, corri para a sala de Pietro. Foi quando abri a porta e vi ele beijando Sofia.

PIETRO

Sofia me beijou. À vera.

— Ei! — reclamei, recuando.

Na porta da sala, vi Bia. Ela saiu correndo. Tive a sensação de que ela estava chorando. Eu também estaria se tivesse visto a cena sem entender o que tinha acontecido. Sofia atrapalhando tudo de novo!

Já tinha me acertado com Bia depois da confusão que Sofia causou. Sofia mostrou na cantina, de propósito para Bia ver, a pulseira que tirou de mim. Não faço ideia de como, porém ela descobriu o meu lance com Bia.

Será que tinha visto a gente na biblioteca, como ocorreu com Yasmin?

Expliquei o que tinha acontecido para Bia. Shakespeare me ajudou nessa hora. Inclusive contei a treta do lenço em *Otelo* para ela.

Relembrei os enganos e os problemas que a falta de diálogo e de confiança causa nas peças de Shakespeare. Ainda bem que ele estava fazendo a gente ver que nem tudo é assim tão óbvio. Talvez eu tenha sido muito dramático. O importante é que deu certo.

Assim que voltei para a sala, após o intervalo e de conversar bastante com a Bia, exigi que a Sofia me devolvesse a pulseira. Com muita má vontade, porém muito mais fácil do que mais cedo, ela devolveu.

A turma combinou de ensaiar todos os dias à tarde. O Festival se aproximava, e era preciso ensaiar. Ia ser na sala mesmo, já que o teto do auditório caiu, no dia anterior. Era o jeito.

Enfim, a gente estava ensaiando. Sofia, com uma cara meio estranha para o meu lado. Mas tudo bem. Eu sou ator, eu quero isso, então faria o meu papel.

Se dependesse de mim, não teria mais cena de beijo. Nem selinho, nem nada. Faria como nas pecinhas infantis, beijo na bochecha ou na testa, e pronto. Foi o que disse para Bia.

Porém, nesse ensaio da famosa cena da varanda, Sofia me beijou valendo.

Vinícius deu uma gaitada. Bia saiu correndo. Eu tinha que ir atrás dela. Me explicar. Sofia me reteve.

— A gente tá ensaiando — disse ela como se não tivesse acontecido nada demais.

— Você não devia ter feito isso!

— Ei, *boy*! — começou Vinícius. — Seja profissional! Na peça tem beijo, então tem que beijar. Se sua namoradinha não entende isso, então é melhor você deixar de ser ator.

— Você quer o meu papel, não é, Vinícius? Então fica com ele!!! — gritei o mais alto que pude. E saí furioso com todo mundo ali.

No corredor, nem sinal de Bia. Se ela tivesse ido para o banheiro chorar, não teria como eu entrar lá.

Aí, encontrei Yasmin. Pensei que ela poderia me ajudar. Porém, ela também estava chorando.

YASMIN

— **Cadê Mari?** — perguntei para Diogo assim que ele entrou na sala.

— Tá fazendo segunda chamada de Física. E, pela cara animada dela, vai demorar.

— Agora, de tarde?

— Pois é. Hoje ou recuperação. Ultimato do professor.

— E o ensaio? Cris veio ensaiar com a gente.

— Olha, pessoal, a hora tá passando — avisou nossa professora, ao meu lado. — Tem turma com que não ensaiei ainda. E semana que vem é o Festival.

— Quem vai fazer Desdêmona? — perguntei.

— Faz você mesmo — sugeriu Diogo.

— Eu? — pensei na hora em Andrei. Olhei para a janela da sala. E se ele resolvesse aparecer por ali?

Andrei avisou que iria se encontrar com um amigo para fazer um trabalho em grupo. Desconfiei. Como ele sabia dos meus ensaios, suspeitava que quisesse me vigiar. Senti minhas costas tensas.

— Queria saber como fazer essa cena final — disse Diogo diante do meu silêncio. — Vou esganar mesmo Mari? Quer dizer, no final? Como faço isso sem machucá-la?

— Tem que tomar cuidado — alertou Cris. — Ano passado, dois alunos foram brigar em uma cena e depois acabaram brigando de verdade, porque durante a encenação um deles machucou o outro sem querer. Quando a peça terminou, foi uma confusão tremenda, os dois trocando socos e chutes no banheiro. Não gosto nem de lembrar! Foram suspensos e tudo.

Diogo fez uma careta.

— Fica tranquilo — falei para ele. — A gente vai treinar essa parte.

— Então, como vamos fazer?

— Vai lá, Yasmin. Fica no lugar de Mari — pediu Cris.

Mesmo receosa, aceitei. Tinha falado com Andrei há pouco. Acreditava que ele não iria me procurar tão cedo.

— Vem cá — chamou Cris. Fiquei de frente para Diogo. — Nessa fala aqui — ela indicou a cena no roteiro impresso, mais amassado que tudo — você vem, Diogo, e segura o pescoço da Mari. Mas aí você deixa que ela faz o resto. Você só segura sem apertar, e ela interpreta como se estivesse ficando sufocada.

— Tá — fez Diogo, como se ainda tivesse dúvidas. — Podemos tentar na prática?

— Sim, sim — confirmei.

Cris ajudou a afastar as cadeiras.

Diogo, incorporando Otelo, andou bufando de um lado para o outro e gritou: "Traidora!", jogando em seguida o lenço, que era a falsa prova da traição, em mim. Depois, ele veio com tudo. Nessa hora, levei um susto. Pensei que Diogo ia mesmo me esganar.

Mas as mãos dele envolveram o meu pescoço com cuidado. Estavam quentes. Comecei a interpretar. Sou péssima nisso. Mas, já que estava na chuva, simbora me molhar.

Meio que me inclinando, fui deitando no chão. Diogo tentou me acompanhar, mas o ensaio da cena foi desastroso. Ele se desequilibrou e teve que soltar o meu pescoço para não me esmagar. Caiu em cima de mim.

Todo mundo riu. Cris não se segurou e teve uma crise de riso. Eu ri também, enquanto ela me ajudava a levantar.

Minha risada se desfez quando olhei para a janela da sala.

Andrei.

Com uma cara séria, que me assustou muito, ele se afastou.

LUCA

A confusão estava generalizada naquela tarde de sexta-feira.

Lívia entrou na sala furiosa.

— Melhor a gente não fazer mais peça alguma!

Pela primeira vez, a gente tinha completado um ensaio inteiro. Demorou um tempão. Eu tinha pedido ao professor Mário para me liberar uma tarde, e ele deixou. Meio a contragosto, mas deixou.

— Por que isso? — perguntei para Lívia.

— Cris não ensaia com a gente, mas fica rindo e ensaiando com o 1º C.

— Velho — revoltou-se Tiago —, a gente tá fazendo a peça favorita dela, e ela não ensaiou com a gente ainda.

— Na segunda, o teto do auditório desabou — justifiquei.

— O gesso — corrigiu Igor.

— Não importa — disse Lívia.

— Hoje de manhã, na aula, ela quis terminar o conteúdo e não sei o quê, e não ensaiou com a gente — relembrou Tiago, que tinha pedido para a nossa professora de Português ceder as duas aulas da manhã.

— Vocês acham mesmo que a gente ainda é a turma favorita dela? Agora é o 1º C! — Lívia colocou mais lenha na fogueira. — Lembra o debate? Aquela Yasmin lá, toda cheia dos argumentos, toda engajada, a professora só balançava a cabeça e aplaudia feito lagartixa.

— Lagartixa não aplaude — corrigiu Igor.

— Mas balança a cabeça — rebateu Lívia.

— Cris vai ensaiar com todo mundo, gente — tentei argumentar.

— Vai não! — gritou Lívia.

Lívia era sempre esquentadinha. No entanto, não precisava descontar em Cris. O resultado da prova de Física tinha saído, e ela estava de recuperação, passando por cima de todo mundo feito um trator desde manhã.

Ela pensa que eu não percebi. Ela é bem diferente de mim. Enquanto eu não desconto e nem conto para ninguém os meus problemas, ela joga na cara de quem estiver na frente. Exceto dos professores. Na frente deles, uma santa.

Como Cordélia disse em uma das cenas da peça, que a cada dia eu gostava ainda mais, o tempo revela o que se esconde na perfídia e expõe o que se oculta na vergonha. Ou seja, a maldade se revela no fim das contas. E aconteceu.

— Ela é feito esse rei Lear aí — continuou Lívia. — Só tá dividindo a riqueza dela com as outras turmas. Tempo é dinheiro, né? Vocês vão ver! A gente não vai pegar as dicas e vai passar vergonha no palco. Aquela...

Cris entrou na sala nessa hora. Escutou o xingamento. Ficou branca. Tentou fingir que não ouviu. A voz saiu trêmula:

— O q-ue tá a-contecendo aqui?

— Vou pra coordenação. Vou ser suspensa mesmo — disse Lívia alto, pegando a mochila.

— Lívia, espere — pediu Cris.

— Esperar o quê? Pela senhora? A senhora tá nem aí pra gente! Só quer ensaiar com o 1º ano C. Os seus queridinhos agora.

— Eles não são meus favoritos. Trato todos de modo igual.

— Já é o segundo ensaio com as outras turmas e aqui com a gente nenhum! Sei que não sou boa aluna, mas mentirosa não sou. A senhora é que tá se fazendo de doida!

— Pra coordenação agora, Lívia! — ordenou Cris.

— Nem precisa mandar. Já tava indo quando a senhora me atrapalhou.

Depois que Lívia deixou a sala, Cris quis falar, porém, a voz saiu embargada:

— Vim ensaiar com vocês, mas agora não dá.

E ela foi embora. A turma toda quis ir atrás.

— Fiquem aí — pedi. — Vou só.

No corredor, ao me aproximar de Cris, ouvi Karol chamando.

— Ei, Cris!

Nossa professora se voltou. Eu parei. Ela respirou fundo ao prever mais problemas.

— Na sala da gente, não vai ter peça mais, não. O povo todinho resolveu desistir.

— Eita! — fez Sofia se aproximando também. — Quem desistiu de fazer Romeu foi Pietro. Mas não sei se Vinícius vai decorar aquelas falas todinhas a tempo.

— Ô, Cris — agora quem chegou correndo foi Mari. — Diogo não quer fazer Otelo mais, não. Ele tá com medo de Andrei.

Treta em cima de treta. Quem não aguentou o peso foi Cris. Ela se sentou no banco do nosso corredor e, pondo as mãos no rosto, começou a chorar.

Depois, vi Pietro e Bia na ponta do corredor. Ela acelerou o passo para se afastar mais dele, que tentou alcançá-la, mas, ao me ver com Cris, ela se espantou. Em seguida, Yasmin surgiu no corredor. Vinha com uma cara aflita. Juntaram-se a nós.

Nessa hora, pedi para que todo mundo se afastasse, que ficassem apenas os representantes. Não sei como, mas eles me obedeceram.

— Todo ano, tento fazer algo diferente para vocês — desabafou Cris. — Trabalho até o dobro do tempo, mas todo ano é a mesma coisa: confusão, confusão, confusão, confusão! Eu não aguento mais! Agora todo mundo quer desistir? Assim, não dá!

Ali, naquele momento, com certeza, nós quatro percebemos o quanto nossa professora era igual a gente. Com seus sonhos, com seus medos, com suas lágrimas. Como nos nossos sonhos, ela queria que tudo desse certo, que todos fossem felizes.

E nós, os quatros representantes, nos comprometemos, confirmando que as quatro turmas se apresentariam, sim. Apesar de querer a vitória, o que vale mesmo é a experiência da competição. Sabíamos disso, embora nossa memória esquecesse esse nada pequeno detalhe.

— Foi mal, Cris — falei. — Não vamos dar mais trabalho.

— Você tem razão. E ninguém vai desistir, não — acrescentou Yasmin.

— A gente tem que deixar de ser criança e agir com maturidade — falou Pietro. — A gente já tá no Ensino Médio.

— Vai ter Festival, sim! — asseverou Bia. — Nem que eu apresente a peça toda sozinha.

Aparentemente, tudo se resolveu. A semana seguinte foi até tranquila. Só não imaginávamos as complicações que encontraríamos no sábado do Festival.

BIA

Triste.

E lá vou eu dormir abraçada ao meu travesseiro. Ele se chama Tatá e é a prova de que eu não sou tão madura como as pessoas pensam.

Desde o fim do ano passado, não tenho mais nenhuma boneca. Minha mãe sugeriu que eu doasse. Foi o que fiz antes do Natal. Depois me arrependi. Amargamente. Na minha vida, vivo me arrependendo das coisas que faço. No começo do ano, ganhei um travesseiro novo, mas não me desfiz do antigo. Esse novo é tão fofinho que prefiro dormir agarrada a ele. Acabei dando um nome e volta e meia converso com ele. É o meu amigo imaginário. Que ninguém imagine esse fato sobre a minha vida!

Já não sou mais criança, entretanto, o meu lado adulto ainda está longe de mim. Não na escola. Lá sou a chata, a responsável, a melhor aluna do mundo. É o meu jeito, impossível mudar. Talvez ajustar uma ou outra coisa. Se eu realmente quiser. Volta e meia, eu me lembro da conversa com Pietro na biblioteca, sobre até onde as pessoas mudam e até onde não. Meu pai não mudou de ideia. Nunca me procurou, não quis saber de mim. A vida é assim. Nem sempre ocorre uma reviravolta quando esperamos. Meu futuro pertence mais a mim mesma, aos meus sonhos, que aos outros.

Mas, ah, os outros! Karol, Toni e Maria Cecília... E Sofia. Se deixar minha cabeça pensar neles, não vou dormir tão cedo. E é véspera do Festival. Apesar do que eles aprontaram na semana anterior, dessa eu não posso me queixar muito.

Mesmo assim, fiquei relembrando o estresse, a conversa com Cris, na hora que ela chorou na nossa frente, e o que aconteceu em seguida. Não sei de onde tirei forças, mas, naquela sexta, após as lágrimas dela, voltei para a sala. Com raiva, muita raiva. Furiosa.

Sem querer, bati a porta da sala com tanta força que tirou até um pedaço do reboco da parede. Confesso que me assustei. Certeza de que Bruno mandaria um comunicado para minha mãe. No entanto, procurei não ligar para aquilo.

— Eu não vou desistir da peça — disse encarando meus colegas de sala. — Vou fazer a peça com quem quiser fazer.

— Cris tava chorando, né? — perguntou Maria Cecília, demonstrando preocupação. — Mandaram uma foto aqui no grupo.

Como as fofocas correm naquela escola! Eu estou por fora dessa rede, dos grupos em que isso corre solto pelo celular. Foquei o principal:

— Este roteiro está pronto, e a gente vai ensaiar por ele. Não temos *Romeu e Julieta* e não temos tempo de mudar. Ou é isso aqui ou nada. E se ninguém quiser me acompanhar, subo no palco sozinha e apresento.

— Desde quando tem peça com uma pessoa só? — ironizou Toni.

— Monólogo — respondi.

— Ah... E como você faria isso? Esta peça tem muitos personagens — retrucou ele.

— Titânia pode contar tudo. Mas sem nota eu não fico.
— Eu também não — ajuntou Caetano.
— Eu quero fazer — disse Maria Cecília.
— É, né?! Então tá — disse Karol, com cara de pouco caso.
— "É né" nada, Karol — falei para ela, ainda mais irritada. — Ou faz direito ou não faz. Eu já cansei das ironias de vocês. Sei que não gostam mais de mim. Não sei o que foi que fiz, nem faço mais questão de saber. Agora, querendo ou não, a gente vai ter que trabalhar junto.

— Então, vamos lá! Sem perder tempo, pessoal — disse Caetano e saiu afastando as cadeiras para preparar a sala para mais um ensaio, cortando o assunto.

Acho que ele pegou a deixa, como se diz no teatro, para encerrar a conversa. Por incrível que pareça, deu certo. Não sei se foi o meu sermão ou o modo como Caetano, o diretor da nossa peça, conduziu as coisas. Porém, conseguimos ensaiar direito. O texto completo e com poucas interrupções. Nem eu mesma acreditei. E, por outro lado, a peça, de repente, fez mais sentido para todo mundo. Já tínhamos uma ideia do que era preciso cortar ou ensaiar mais.

A semana seguinte foi corrida. Por causa dessas picuinhas todas dos dias anteriores, ainda tínhamos muita coisa para resolver. Cenário e figurino, principalmente. Precisávamos ir às lojinhas do centro para comprar algumas coisas e tal. Nem acredito ainda que na quarta-feira após as aulas desci junto com Toni, Karol e Maria Cecília para comprar uns negócios em uma loja de festas. É difícil acreditar também que, pelo menos nessa semana, as ironias ficaram de lado. Não sei se pelas minhas costas também, acredito que não, pois não confio mais neles, mas na minha frente deram uma trégua, o que para mim já é o suficiente.

Teve um momento que até pensei que Maria Cecília queria me contar algo. Entretanto, ela não disse nada. Desistiu. Mas era melhor deixar isso tudo para lá, embora achasse que ela era a mais mudada do trio depois do episódio com Cris.

No meio disso, Sofia veio pedir desculpas. Aceitei por educação. E concordei com ela que Pietro deveria continuar com o personagem que tanto queria. Nada de desistir aos quarenta e cinco do segundo tempo. Era o acordo combinado com Cris.

Pietro e eu também voltamos a nos aproximar. Nós dois não tínhamos ficado mais, apesar de estarmos cada vez mais próximos, trocando mensagens o dia todo e conversando sobre os progressos dos ensaios, depois daquele dia dramático. Inclusive, tinha acabado de desejar boa-noite para ele antes de abraçar meu fiel companheiro, Tatá.

Até folheei mais uma vez o *Sonho*, que está ali na cadeira ao lado da cama. Meus olhos pousaram em uma fala em que Demétrio convida os amigos para, no caminho, contarem uns aos outros sobre os seus sonhos. Era o que já fazíamos naqueles dias, às vésperas do Festival, principalmente Pietro e eu. Contudo, diferentemente dos personagens, no caminho contávamos os sonhos que sonhávamos acordados. Eu, meus planos para o futuro. Pietro, seus projetos para o agora.

Nessas reflexões, lembro ainda que uma das coisas que imaginei antes de pegar no sono foi Pietro ganhando o prêmio de Melhor Ator no Festival de Literatura. Ele estava se dedicando ao máximo para vencer. Era seu maior sonho no momento.

E qual meu susto quando, na manhã seguinte, enquanto me arrumava no banheiro da quadra, vi uma ligação dele? Estranhei. Pensei que era para me desejar boa sorte. Não era. Ele estava avisando que foi parar na UPA.

PIETRO

Eu sabia que não deveria ter ido ao centro na manhã de sábado antes do Festival. Mas eu queria ser o melhor Romeu.

Após pegar de volta meu personagem, depois de desistir dele, não sem estresse e aguentando a cara feia e as gracinhas de Vinícius, passei a semana toda me dedicando.

Mandei uns vídeos para Bia, pedindo para ela me dar uns toques, vendo o que ela achava da minha interpretação e tentando pôr tudo nos eixos depois da *presepada* — quem falava isso era minha mãe — que Sofia tinha feito.

Uma noite, até comparamos as peças de Shakespeare com a nossa história. Se Píramo, Romeu, Otelo e rei Lear não tivessem se baseado nas aparências, talvez as histórias tivessem um final mais feliz.

Conversar sobre essas histórias nos reaproximou. Eu já tinha lido todas. Queria saber o que as outras turmas iriam apresentar. Bia decidiu fazer o mesmo, estava lendo *Otelo* e *Rei Lear,* que tinha pegado na biblioteca. Ela conseguia ler vários livros ao mesmo tempo. Eu, de um em um.

A semana passou voando com tanta coisa que a gente precisava preparar. Na sexta à tarde, fui ao centro comprar algumas coisas. Já era quase noite quando vi uma máscara bem legal em uma loja.

Na hora quis impressionar o júri. E a Bia também, é claro. A vaidade é o meu pecado.

Porém, a máscara era um pouco cara. Não tinha dinheiro suficiente na carteira. Como era final de tarde, não dava para ir em casa e voltar antes de a loja fechar. Mas eu podia dar um pulo lá no sábado bem cedinho e depois seguir para o Festival.

A minha peça era a segunda da programação. Tinha tempo de sobra. Era o que achava.

Fui ao centro no sábado de manhãzinha e esperei a loja abrir. Porém, assim que saí todo empolgado com a minha máscara... putz! Não vi um buraco na calçada e torci o pé.

Fui ao chão, ralando joelhos e mãos.

E que dor!

Que dor!

Que dor!!!

Nunca senti nada do tipo.

Doía! Doía! Doía!

Eu apertava os dentes, não conseguia mexer o pé e até respirava com dificuldade.

Nem lembro quem tentou me ajudar e me apoiou para que eu me sentasse no meio-fio.

Doía! Doía! Doía!

O pé dentro do tênis, latejando muito. Pensei que a dor fosse diminuir, passar. Mas, não. Só sofrimento.

— Acho melhor levar você na UPA, pra ver o que é — disse o dono da loja onde eu tinha comprado a máscara.

— Não, não. Preciso ir pra escola.

— Veja se consegue ficar de pé.

Tentei. Doeu demais. Quase caí de novo.

O dono da lojinha achou melhor eu nem tirar meu sapato, pois só de ele tentar afrouxar o meu cadarço, fiz um espetáculo dramático. Ao meu redor, pessoas se aglomeravam.

Pulando em uma perna só, fui para o carro que me levaria para a UPA. No caminho, liguei para Bia pedindo que tentasse com Cris adiar o início da minha peça. Tinha que dar tempo. Tinha que dar tempo.

Porém, ao chegar lá, para o meu desespero, a recepção estava lotada.

YASMIN

A conversa com Andrei foi desgastante. Ele não entende de jeito nenhum. Ou melhor, ele não quer entender. A verdade é essa, e eu ainda me recuso a aceitar em prol desse relacionamento.

Ele tem a própria versão dos fatos, e não adianta eu tentar explicar, mostrar o outro lado da história, que ele se recusa a ver. É tudo do jeito dele, e eu tenho que aceitar.

Dessa vez, essa ideia do "eu tenho que aceitar" não me desceu. Não foi à toa que, quando ele saiu pisando duro, me deixando sozinha no baobá, de novo, naquela fatídica sexta-feira, o que senti dessa vez foi uma estranha sensação de liberdade.

Sim, ele daria um sumiço por uns dois dias. Tem sido assim. Agora, no fim de semana. Somente para me fazer sofrer com a falta dele, para fazer eu me sentir culpada.

Mas vi como uma oportunidade de ter mais tempo para ensaiar a peça com minha turma. Teria quarenta e oito horas para focar minha prioridade naquele momento.

Chamei Mari, Diogo e Fábio, que seria o invejoso Iago, para ensaiarem na casa da minha avó. Passamos a tarde de sábado e a de domingo repetindo e repetindo. Foi muito bom! Para a peça e para mim.

E isso me assustou. Como estar afastada do meu namorado, de que gostava tanto, gerava mais felicidade do que estar com ele? E como assim eu estava pensando em outras prioridades que não estavam relacionadas com Andrei nem com o meu namoro?

Eu não conseguia entender bem, ou talvez não queria aceitar o que já entendia.

Em vez de pensar, procurei agir. Me joguei na direção e pronto. Antes, precisei convencer Diogo a não desistir da peça. Acho que ele estava meio receoso com os ciúmes de Andrei. Ele tinha percebido. Aliás, todo mundo estava percebendo. Também tive que pedir desculpas a Mari por tê-la usado como desculpa naquela outra ocasião, para tirar Andrei da sala. Fiz isso no domingo à noite.

— Não precisa pedir desculpas — disse Mari.

Tive receio de que ela estivesse chateada, apesar do nosso ensaio e das nossas conversas fluírem. Mas o que ela disse depois foi pior.

— Pelo menos não pra mim.

— Hã?

— Mas pra você.

Eu sabia bem o que Mari queria dizer. A gente sempre sabe, mas me fiz de desentendida.

— Como assim?

Eu precisava ouvir de alguém de fora, já que não conseguia escutar a mim mesma.

— Você sabe que esse namoro com Andrei não tá legal, né?

Dentro de mim, a sensação de que precisava organizar as coisas era forte. Havia uma pendência. Como sujeira debaixo do tapete. Como um cantinho que não varri debaixo da estante.

A arrumação completa que eu evitava. Só que agora não estava falando de uma faxina na casa da minha avó, mas de uma na minha vida.

Mari, minha melhor amiga, não me deixaria esquecer. Apesar de tudo, ela procurava as palavras certas. Eu não disse nada. Não podia defender alguém que, no fundo, não tinha defesa.

Como eu, uma menina entendida das coisas, ficava enrascada em uma dessas? Não tive coragem de dizer mais nada. Mas Mari teve. Ela é uma grande amiga, de verdade.

— Andrei é muito ciumento. E eu já disse que você não tá sendo mais a mesma.

Não era a primeira vez que ela me dizia. Porém, de novo, me recusei a aceitar. Nunca me senti tão confusa.

Viver é muito mais complexo do que eu pensava.

— Você anda tão preocupada com o que Andrei vai achar, com o que ele vai pensar, dizer e até fazer... — continuou Mari. — Tô vendo minha amiga cada vez mais distante.

— Mas a gente sempre se fala — interrompi. — Todo dia.

— Não tô falando distante de mim. Mas de quem você é.

Mari estava certa.

Fui eleita a representante de turma porque falava com todo mundo. Foi até por isso que conheci Andrei em um intervalo. Ele é do 3º D, e eu, do 1º C. No começo, eu era a menina perfeita, o amor da vida dele. Mas, depois, minhas imperfeições apareceram, pelo menos para ele, que não gostava de uma coisa ou de outra e apontava o que eu tinha que mudar. Uma coisa e outra viraram um monte de coisas. E eu andava me sentindo presa, sufocada, o tempo todo angustiada.

Mas namoro não é isso também, essa história de ceder? Até quando? Até quando as minhas imperfeições eram só as minhas e não as dele também?

Mari usava a razão. E eu resistia a querer pensar só com o coração.

— Amiga — disse Mari, olhando nos meus olhos —, pensa bem se é "isso" que você quer para o seu futuro.

O "isso" ficou ecoando na minha cabeça o resto da semana. O "isso" não era Andrei, era a situação, todo aquele estresse. Mas Andrei também.

Era "isso" que eu queria para sempre?

Naquela noite, na hora de deitar, me olhei no espelho e vi o cansaço estampado no meu rosto. Olheiras. Eu nunca fui de ter olheiras.

Peguei o celular e tive receio de encontrar uma mensagem de Andrei me cobrando por não tê-lo procurado. Mas eu precisava confirmar no grupo do Festival como estavam as coisas, os ensaios da semana, para que tudo ficasse pronto antes do sábado.

E as coisas dentro de mim, será que ficariam prontas? Eu seria valente o suficiente para tomar uma decisão?

No fundo, já sabia o que tinha que fazer.

Meu espelho deixou isso bem claro na segunda-feira, quando cheguei em casa, após mais uma DR com Andrei. A verdade estava redesenhando as expressões do meu rosto.

Tive dor de barriga. Corri para o banheiro, e meu corpo deixou bem visível que o que eu estava vivendo não era saudável. Foi assim na terça, na quarta. Na quinta e na sexta o Andrei faltou.

A ausência do meu amor me fez bem. Pude ensaiar mais tranquila, pude rir, pude recordar o que era amor próprio. Embora toda vez que Mari e Diogo ensaiassem o fim trágico de Otelo e Desdêmona minha respiração ficasse pesada.

Assim como eu me obrigava a varrer a casa da minha avó, precisa varrer de vez aquela situação da minha vida. Depois do Festival.

Na manhã de sábado, quando cheguei em frente à quadra, Andrei me esperava.

— Quero falar com você.

Minha dor de barriga voltou na hora.

— Yasmin, Yasmin — era Fábio, que se aproximava correndo. — A ordem do Festival vai mudar. Pietro se machucou e precisou dar um pulo na UPA. A gente vai apresentar antes de *Romeu e Julieta*.

— Temos que adiantar as coisas — disse Mari ao meu lado.

— E então? — insistiu Andrei.

Olhei para ele. Apenas movi a cabeça dizendo que não. Andrei se transformou. A testa dele ficou enrugada.

— Agora — disse ele rude.

Aquela rispidez me feriu como um tapa. E dado na frente dos meus amigos. Se ele queria ter aquela conversa agora, então teríamos. Mari ainda tentou me deter.

Mas eu precisava resolver *isso*, antes que *isso* resolvesse a minha vida por mim.

LUCA

Como o pessoal das turmas do segundo e do terceiro ano me contou no Laboratório de Informática, o dia do Festival amanhecia calmo, mas depois a coisa desandava.

Dito e feito.

Levar o castelo do rei Lear para o colégio foi um desafio. A gente tinha ficado até tarde da noite de sexta-feira na casa de Débora pintando e colocando isopor para montar a fachada do castelo.

Modéstia à parte, ficou bonito. Débora arrasa nos trabalhos manuais. Só depois de pronto, Pedro veio com a pergunta:

— Como é que a gente vai levar o meu castelo para a escola?

Era enorme.

Não dava. O pai de Débora disse que não tinha como colocar aquilo na carroceria do carro sem quebrar. Aí não teve jeito. A gente precisou dividir o castelo em três partes.

Até aí tudo bem.

Mas de manhã Débora ligou, avisando que o pneu da caminhonete do pai amanheceu murcho. Devia ter furado em algum buraco ou pedaço de ferro quando ele voltou para casa, na véspera.

Antes da chegada dessa notícia, a gente estava no colégio tranquilo. Tínhamos chegado cedo. Tudo na paz. O pessoal revisando as falas, uns ensaiando. Agora tudo mudava. Precisaríamos buscar o castelo. A pé.

Quando a gente já estava se organizando para ir na casa de Débora, eis que Cris procurou minha turma para avisar que talvez precisasse antecipar a apresentação de *Rei Lear*, pois Pietro-Romeu torceu ou quebrou o pé, algo assim, ela não sabia ao certo ainda, e ele iria imobilizá-lo ou engessá-lo na UPA.

Correria danada! Chegamos esbaforidos na casa de Débora, e só não chegamos ainda mais esbaforidos ao colégio porque tínhamos que andar devagar.

A gente estava carregando isopor. E isopor e vento não são uma combinação muito segura.

Como o pessoal me considerava o mais responsável da turma, carreguei a parte central do castelo. Eu segurava a parte do telhado, se é que a gente pode chamar assim, e Débora segurava a outra ponta, junto às portas.

Quando finalmente chegamos ao portão da escola, vi uma cena que não gostaria de presenciar. Não ali, não daquele jeito, muito menos gritando alto com o professor Mário, de Informática.

Meu irmão Luan. Todo alterado. No portão da escola. Dizendo que queria falar comigo.

Ele não deveria estar ali! Por que depois de tanto tempo sumido ressurgia assim do nada? Não sei se ele tinha se esquecido do que fizera, porém, eu não esqueci. Uma das lembranças mais doloridas da minha vida.

A cena diante dos meus olhos e a memória dentro da minha cabeça me deixaram desconcertados. E, por conta desse segundo de distração, o vento se aproveitou, golpeou o isopor, partindo ao meio a fachada, e o telhado do meu castelo saiu quicando pelos paralelepípedos.

BIA

Linda!

Como mágica, me senti linda. Não me lembro da última vez em que isso tinha acontecido. Fazer a rainha das fadas, embora ela não falasse muito na minha versão, tinha seus encantos. Pela primeira vez em semanas, não me senti burra ou besta. Mas fada. Ou, antes disso, mulher. É claro que a ligação de Pietro logo depois me deixou abalada, aflita, preocupada. No entanto, saber que fui a primeira pessoa para quem ele contou o incidente, até mesmo antes dos pais dele, me fez sentir especial. Ele gosta de mim. Agora, que invenção foi essa de ir ao centro antes do Festival? Tantas coisas acontecem ao mesmo tempo! E, falando em tempo, cinco minutos para a apresentação começar.

Retoquei a maquiagem e, pelo espelho, vi Karol, que agitava as mãos enquanto andava de um lado para o outro no banheiro.

— O que foi? — perguntei.

— Tô nervosa.

— Ela tá ansiosa — disse Maria Cecília, trazendo um copo de água. — Cris mandou a gente ir logo para o palco. — E, se voltando para os colegas, falou: — Todo mundo no seu lugar!

Olhei o visor do celular. Era uma mensagem de Pietro pedindo que eu não me preocupasse com ele agora, que eu fizesse o que sempre fiz, o meu melhor, e me desejando boa sorte. Agradeci com um coraçãozinho e com as duas mãos postas. Sim, eu faria o meu melhor. Por mim. Em seguida, me olhei no espelho. Respirei fundo. Cerrei meus olhos por uns segundos, me concentrando, e, quando abri, não era mais eu, e sim a fada Titânia.

— Vamos, minhas fadinhas — ordenei.

— Eu não estou pronta — disse Karol.

— Você sabe que está, sim, minha bela ateniense.

— Tô com medo. — Não sei se ela se referiu a mim ou à apresentação para a quadra lotada. Todas as turmas de segundo e de terceiro ano estavam lá para assistir, aplaudir ou simplesmente rir do que desse errado.

— Você vai arrasar. E sabe muito bem disso — falei, nem me reconhecendo e fingindo que soltava um pozinho mágico sobre ela.

Maria Cecília me olhava espantada. Repeti o gesto sobre ela.

— Prontas? — perguntou Cris na porta do banheiro feminino.

— Sempre! — respondi.

YASMIN

— **Sim. Cansei disso.**
 Eu também.
 — Não aguento ter que ficar explicando pra você o tempo todo.
 Eu também.
 — Se você gostasse mesmo de mim, me ouviria mais.
 Concordo.
 — Se você não for embora comigo agora, vai se arrepender.
 — Como é?!
 — É isso mesmo! Você já ensaiou, eles que se apresentem. Não quero ver. Vamos dar uma volta na praça.
 E ele segurou o meu punho com força.
 — Não! — falei e tentei me desvencilhar, mas não consegui. Meu punho doeu. — Me solta!
 Ele soltou a contragosto. Olhou para mim com cara feia. Eu tremia, mas não retirei o olhar. A expressão das semanas anteriores se acentuava. Ele não gostou que o encarei, diferentemente das outras vezes, em que abaixava o rosto.
 Eu não iria voltar atrás da minha decisão.

Então, ele soltou um grito e deu um soco. No baobá.

Minhas pernas quase me levaram ao chão. Alguém segurou meus ombros. Era Mari, que depois descobri ficara de longe observando. Ainda bem! Se não fosse por ela, eu teria caído na hora. Andrei agitava a mão e a prendeu no meio das pernas, sentindo muita dor.

A dor que ele sentia na mão, eu sentia dentro do meu peito, do meu coração, do meu amor.

O soco acertou a árvore, mas não era ela o alvo do golpe. Eu sabia muito bem. A testemunha das nossas emoções me observava. Ela entendia os meus sentimentos. E aguardava quieta a minha reação.

— Vá embora! — gritei chorando. — Eu não quero te ver nunca mais!

Um colega de Andrei veio chamá-lo.

— Você tá terminando comigo? — perguntou Andrei revoltado, não querendo ir embora.

— Cansei! Acabou! E não vou permitir que o próximo soco seu seja na minha cara!

Ele não disse mais nada. Não tinha como se defender. E, se dependesse de mim, nunca mais ouviria a voz dele. Eu vivia um pesadelo. Um pesadelo com uma fada vindo da minha direção.

— Cris tá... chamando vocês — disse Bia meio sem entender o que estava rolando. — É a vez de vocês...

Enxuguei minhas lágrimas, tentando me recompor.

— Vamos lá — comandei, olhando firme para Mari, ainda ao meu lado.

Não sei como consegui ajudar o pessoal, não sei como Mari conseguiu se apresentar depois de ver aquela cena deplorável. Mas não deixaria Andrei estragar ainda mais a minha vida. Minha amiga também não.

Por incrível que possa parecer, a apresentação foi linda... Diogo, Mari e Fábio arrasaram. Quer dizer, a turma toda.

Somente quando as cortinas se fecharam foi que desabei, me sentando no chão da quadra, como se tivesse corrido uma maratona. As pernas tremiam. As lágrimas retornaram, dando vazão às emoções, para aliviar a minha tensão. Pouco depois, vi o coordenador Bruno na minha direção.

— Precisamos conversar — avisou ele.

A história ainda não tinha acabado. Ele veio falar sobre o incidente. Alguém contara para ele. Suspeitei de Mari. Não era fofoca nem traição, era cuidado. Não foi uma discussão qualquer. Algo muito grave. Um soco.

O meu amor, que eu imaginara ser tão forte quanto o de Romeu e Julieta, quase virou a tragédia de Otelo e Desdêmona.

PIETRO

Não ia dar tempo.

Mesmo com o pessoal adiando a minha apresentação, não ia dar tempo.

— Droga!

— Calma, seja forte — disse a enfermeira, enquanto envolvia a bandagem com gesso no meu pé.

— Não tô falando disso. Eu tinha que estar no colégio agora.

— Num sábado?

— É o Festival de Literatura.

— Ah! — fez ela. Pensei que iria acrescentar alguma coisa. Mas não. Seguiu calada.

— Não vai dar tempo.

— Tenha paciência. Entorse de grau três é coisa séria. Se não cuidar direito, pode precisar operar, e você não vai querer algo do tipo.

Fiz um muxoxo.

— O pessoal vai esperar você nem que seja para assinar o gesso. Se você não chegar no começo, chega no fim.

Não sei se ria ou se chorava com o comentário. E não foi nem uma coisa nem outra.

Quando entrei no auditório, a peça da minha turma já estava na metade. Como meu pai foi até a UPA, ele me deixou depois na escola, mesmo a contragosto. Queria que eu fosse para casa descansar. Insisti e briguei. Fomos. Mesmo assim, não deu tempo.

Vinícius e Sofia no palco. A cena da varanda. Porém, o auditório ria.

Não consegui prestar atenção. Bia, mais linda, ainda maquiada, veio perguntar como eu estava. Eu estava bem. Porém, meu pé doía muito ainda.

Ela puxou uma cadeira para eu me sentasse e outra para colocar meu pé de modo mais confortável. Depois, perguntou se eu queria água.

Na verdade, eu queria dar um beijo nela. Mas me contive. A gente não estava sozinho na biblioteca. Na quadra, todo o colégio ao nosso redor.

E meu pai do meu lado. Ele disse que quando terminassem as apresentações eu ligasse, que vinha me buscar. Fiz um joinha, e ele foi embora.

— Você tá me tratando como um rei — disse para Bia. — Mas com essas roupas, você que tá igual a uma rainha.

— E eu sou! Titânia, a rainha das fadas e dos duendes! Eu sei que você faria o mesmo por mim.

Ela estava errada. Eu faria muito mais por ela.

Ah, o amor! Esse sentimento que é a mais discreta das loucuras, como diria Romeu.

Então, não me contive. Me permiti uma pequena ousadia, que deixou Bia com o rosto vermelho mesmo por baixo da maquiagem. Peguei na mão dela, com carinho, e dei um beijo.

Quem quisesse, que visse. Ela é a minha Julieta. Tinha perdido um papel, porém, tinha ganhado um amor.

O auditório explodiu em uma gargalhada.

Por que é que o pessoal estava rindo? *Romeu e Julieta* não era uma tragédia?

No palco, a cena final, que deveria arrancar lágrimas, fazia o contrário. Vinícius-Romeu, que deveria se fingir de morto, ria. Sofia-Julieta, com um punhal de papelão e papel-alumínio, também ria, não conseguia dizer a frase de efeito.

Ainda bem que eu estava do outro lado da quadra.

LUCA

Só descobri que não me lembrava mais de como meu irmão era quando o vi. Mas, ao mesmo tempo, e por mais contraditório que seja, rememorei de modo nítido a triste cena que presenciei um ano atrás como se tivesse acontecido agora.

Enquanto o pessoal se escondia do Sol na portaria, fiquei parado, como estátua, no mesmo lugar. Preso pelo presente, acorrentado pelo passado. Luan veio até mim.

— Lucão! Lucão! Você cresceu. — O bafo asqueroso chegou até mim. — Eu também estudei aqui. Eu também me apresentei nesse festival. Meu irmão! Meu irmão!

Eu estava com vergonha. Vergonha daquela situação patética. Um misto de vergonha, tristeza e raiva. Como ele ousava fazer um escândalo na frente da minha escola? Ele não tinha dito que iria esquecer a gente para a sempre?

— Me dá um abraço.

Não acreditei no que ouvi. Como ele ousava pedir isso? Que afinidade era essa que ele queria mostrar? Ele nunca foi de demonstrar carinho. Eu era o filho da outra mulher do pai dele. Ele nunca gostou de brincar comigo.

Uma frase de Cordélia, a única filha que amava o pai, o rei Lear, veio à minha cabeça: "Ama e cala". Não era amor de obediência cega de que ela falava. Mas de um sentimento sincero, que dispensava palavras para ser comprovado. Luan não me amava.

— Me dá um abraço — insistiu ele, vindo na minha direção.

— Não — respondi, dando um passo para trás. Mas acho que não fui tão firme quanto deveria.

— Me dá um abraço! — pediu ele mais alto.

— Não! — falei com uma força que não sabia dizer de onde veio.

Eu me recusei a aceitar aquela cena patética. Eu recordava. Doía relembrar os olhos vermelhos de lágrimas que meu pai tentava segurar. Naquele instante, meu pai soube que eu sabia. Ele colocou a mão no meu ombro.

Meu pai não era afeito a carinhos. Criado no interior, nunca sorria para uma foto, abraços só nas datas comemorativas. Mas nem sempre é preciso falar para amar. Nem palavras bonitas significavam amor de verdade. Eu sabia. Vivia isso. A vida me mostrou, e Shakespeare me fez entender ainda mais.

A fatídica briga, que observei pela porta, terminou com meu irmão cuspindo no rosto do meu pai. Pensei que ele daria uma surra em Luan. Mas, não. Ele baixou o tom de voz e apontou o portão de casa. Não foi precisa uma palavra para compreender que meu pai entregava Luan ao seu próprio destino.

Não foi fácil. Foi depois de muita dor e de muito sofrimento, de algumas batalhas aparentemente ganhas e de muitas outras perdidas, de ter paciência, persistência, de perdoar, mas de se ferir, se cortar, se machucar cada vez mais para dentro da carne, na alma.

O limite do meu pai foi adoecer e receber na cara a resposta de que há guerras que não se vencem. Sobretudo, quando o outro não quer a vitória.

Repeti o gesto do meu pai, indicando a rua. Depois, segui até a portaria. Eu não sabia muito bem o que fazer. Precisava ligar para meu pai. Tinha uma peça para encenar. Mas só pensava em ligar para meu pai. Com certeza, depois daquele espetáculo, ele iria para lá.

— Tá com vergonha de mim, né? Tá se achando melhor que eu, né? Mas eu sou igual a você! A gente tem o mesmo sangue! A gente é irmão! Pensa que pode escolher, é?

— Ele pode, sim — para minha surpresa, quem falou foi o professor Mário. Ele continuou: — Família a gente também escolhe. E acho que ele não tá querendo você nela.

Nunca pensei que o professor Mário fosse falar algo. Muito menos me defender. Aliás, pensava que ele estava chateado com o novo monitor que precisava sair mais cedo para ensaiar e não conseguia conciliar estudo-peça, e agora ainda levava problemas da família literalmente para a porta da escola.

— Entra, Luca — pediu Mário. — Você não precisa se preocupar com ele. Da portaria, ele não passa.

Eu me lembrei do telhado. Tiago já vinha trazendo aquele pedaço do castelo que quebrou por minha causa.

Não.

Não fui eu quem quebrou. Meu irmão que quebrou. Não só meu castelo, como a alegria do meu pai, que seria obrigado a carregar para sempre uma amarga memória e uma ainda mais sofrida decisão. Mas não adianta buscar um culpado agora.

Meu irmão, um pouco Edmundo. Eu, um pouco Edgar. Quem disse que vida e arte não se misturam? Esse Shakespeare!

— Vá para o Festival — reforçou Mário para mim.

Às vezes, mesmo sofrendo, é preciso seguir em frente. Entrei no auditório abalado. Com o corpo como se estivesse com febre.

Procurei respirar fundo para ir me acalmando. Só que a sensação era de que tudo ia dar errado, que eu me esqueceria de todas as falas e o pior: nosso castelo estava quebrado.

Débora chorava em silêncio, sem querer me fazer sentir mais culpado do que eu já estava. A peça seria um fiasco, na certa!

Nesse instante, um outro castelo, pintado em TNT, surgiu na minha frente.

— De quem é? — perguntou Débora.

— De *Romeu e Julieta*, a apresentação acabou agora — respondeu um aluno que eu não conhecia.

— Será que vocês emprestam pra gente? — perguntou Débora.

Tive uma ideia.

— Não, Débora. Já sei como resolver.

Foi com um castelo quebrado e colado com fita durex que apresentamos nossa peça.

Fiz um acréscimo em uma das minhas falas. Disse que aquela rachadura representava a fissura daquela família real, do triste rei Lear, igual a tantas outras famílias, desconstruindo poeticamente no palco a ideia de família perfeita, de comercial de margarina.

Nenhuma família é perfeita. Porém, as nossas escolhas, as decisões sobre quem permanece ou não a nossa vida, fazem com que os pequenos núcleos familiares sejam mais felizes. Também vale para amizades e amores.

É preciso saber escolher. Caso contrário, vamos da alegria ao sofrimento, como o rei Lear.

Assim que a peça terminou, fomos aplaudidos. Tive a sensação de sermos muito aclamados. No palco, na atuação como Edgar e Tom, minha emoção foi de verdade. Agora, fora dele, minha comoção foi igual.

PIETRO

Na quadra, todas as turmas estavam misturadas aguardando o resultado. É claro que os alunos mais competitivos seguiam em seus grupinhos, porém, aqueles que queriam trocar de sala para estudar, sentavam-se junto com os amigos das outras turmas.

Eu seguia ao lado de Bia, a minha rainha das fadas, a minha Titânia-Julieta. Ela estava ansiosa.

— Agora que tá perto do resultado, tô ficando nervosa.

— Não assisti, mas você arrasou. Acha que o 1º A ganha como Melhor Peça?

— Fora a minha, só vi metade desse *Romeu e Julieta* que terminou em comédia e *Rei Lear*. Não vi *Otelo*. Tava preocupada com você.

— Desculpa pela preocupação — agradeci, fazendo um carinho no queixo dela.

Os professores se reuniram em um canto distante da arquibancada para contar os pontos.

Não vou negar que no fundo estava muito triste por não ter me apresentado. E o motivo tinha sido o mais banal. Uma torção no pé por causa de um buraco na calçada. Pequenas coisas fazem grandes diferenças.

O que me consolava era o carinho de Bia. A gente deixa de conquistar um sonho aqui, mas realiza outro ali. A vida é assim.

A gente também pode mudar de sonho, não pode?

Se não adiantava mais querer o prêmio de Melhor Ator pelo papel de Romeu, agora eu queria ser o sonho de todas as noites de verão e de todas as estações de Bia.

Cris subiu no palco para anunciar os resultados.

Quem seria o Melhor Ator? Quem seria a Melhor Atriz? Qual seria a Melhor Peça?

Porém, o resultado era o de menos agora. O mais importante era o aprendizado que todos tinham ganhado com Shakespeare e com a própria vida.

LUCA

Sobrevivemos. Apresentamos. Competir é muito melhor do que vencer.

É claro que o prêmio, aquela tradicional cesta de chocolate, não seria de se jogar fora. Adoçaria um pouco a nossa manhã. Minha turma merecia. Sobretudo, pela união nessa semana.

Todo mundo foi aos ensaios no horário, ajudou na vaquinha para comprar coisas para o cenário e os adereços do figurino. Lívia, após passar dois dias em casa, até ajudou Pedro, que fez o rei Lear, a decorar as falas, passando o texto com ele. Trabalho coletivo que se chama. Não é à toa que nós somos a turma preferida de Cris, mesmo que ela não confesse para todos.

Mas, depois de tantas confusões naquela manhã, só queria que o resultado saísse logo para poder ir para casa. Assim que a minha apresentação terminou, liguei para o meu pai. Ele disse que Luan tinha ido lá em casa. Fez o mesmo alvoroço e foi embora.

Eu quis saber detalhes, mas o meu pai disse para eu não me preocupar, que tudo ia ficar bem.

Eu não desejo nada de ruim para Luan. Só não vejo, pelo menos no momento, nenhuma chance de reconciliação. Ele que siga com a vida dele, e eu, com a minha.

Quando eu era menor, Luan passou uma temporada em casa. Eu chorava pedindo para brincar com ele, mas ele não tinha paciência e nem queria brincar comigo. Então, eu brincava sozinho.

Com o caçulinha Luís, eu faço diferente. Separava um tempinho do meu dia só para ele. Não quero que Luís deixe nunca de me dar aqueles abraços apertados que me sufocam de tanto carinho.

— Terra chamando Luca!

Oi?

Não entendi a brincadeira de Cris. O que foi? O que eu tinha feito? Eu ganhei? Eu ga-nhei?!

Eu ganhei o prêmio de melhor ator!

BIA

Karol e Maria Cecília tinham ido muito bem nos papéis das amigas Hérmia e Helena. Mesmo assim, ninguém acreditou quando anunciaram o nome das duas em um empate técnico do prêmio de Melhor Atriz. Nunca tinha acontecido algo assim. Muito menos esperado foi elas virem me agradecer, gritando meu nome, me dando abraços e beijos.

— Você escolheu a melhor peça!

— Se não fosse por você, a gente não teria ganhado.

De vilã, virei heroína. Contudo, não estava disposta a virar amiga de quem vinha me maltratando. Nem um pouquinho disposta.

— Vocês merecem.

Na verdade, a vontade era dizer: "Vocês se merecem". Me contive por força da minha educação. E eu estava muito feliz ao lado de Pietro para prolongar a conversa com elas. No entanto, ainda tinha que tirar uma história a limpo.

— Maria! — chamei Maria Cecília do jeito que ela não gostava. Mas, dessa vez, sem prestar atenção nesse detalhe, ela se voltou, enquanto Karol se afastava. — Posso fazer uma pergunta?

— Pode.

— Por que vocês têm tanta raiva de mim?
Ela arregalou os olhos.
— Principalmente Karol — acrescentei.
— Eh... — hesitou ela. Olhou para trás. Como a amiga estava distante, entregou: — Ela ficou com raiva porque você não a ajudou na prova de Física.
— Hã? — Não me lembrava de ter negado ajudar a ninguém.
— No segundo bimestre, ela pediu cola pra você, mas você não quis dar, ignorou. Ela insistiu. Você nem aí. Karol tentou copiar olhando para os seus cálculos. O professor viu, movimentou os lábios, sem emitir nenhum som, pedindo que ela entregasse a prova e saísse. Zero. Karol ficou em recuperação por sua culpa. Você não dá cola pra ninguém. Desculpa, mas é muito egoísmo da sua parte. Aí, o povo fica com raiva.
Não estava acreditando no que ouvia.
— Mas você tá melhorando — continuou Maria Cecília. — Ajudou a gente que só no Festival. Obrigada.
Acenou. Foi embora. Fiquei perplexa.
— Não liga — disse Pietro. — Não precisa gostar de quem não gosta de você por você ser quem é.
Ele tinha razão. No entanto, fiquei triste com aquela história.
— Sou tão egoísta assim?
— Você é a melhor garota do mundo!
E Pietro, se levantando com dificuldade, me beijou em um abraço apertado. Ali, no meio de todo mundo. Ouvi gritinhos. E quer saber? Retribuí com muita vontade. Sem vergonha alguma.
Confesso que foi um beijo meio desequilibrado. Afinal, tive que segurar o corpo de Pietro, que não podia apoiar o pé com o gesso no chão. Mas, por causa disso, ou mesmo por isso, embora desajeitado, nosso carinho foi intenso, forte. Nosso beijo não foi diferente.
Naquele momento, não desejei nada além de continuar me sentindo a melhor garota do mundo.

YASMIN

Na minha cabeça, então, só desejava ir embora. Tomar um bom banho, almoçar e dormir a tarde toda. Na casa da minha avó. E conversar com ela sobre tudo o que tinha acontecido, chorar no colo quentinho de dona Yara ouvindo seus conselhos enquanto ela pentearia meus cachos com carinho. À noite, contar tudo para minha mãe, depois que ela chegasse do trabalho.

Não vi a peça do 1º D porque Bruno me chamou para conversar. Ele comunicou que Andrei foi suspenso por uma semana, que os pais dele já estavam cientes do acontecido e viriam para a escola na segunda de manhã.

Desabafei com o coordenador, com Mari me dando força ao meu lado. Chorei de soluçar.

Depois de muitas lágrimas e palavras de apoio, voltei para a quadra, onde todos aguardavam os resultados. Os primeiros foram inesperados.

Ninguém imaginava que Luca e a dupla Karol e Maria Cecília ganhassem o Festival como melhores atores, e com direito a empate técnico na categoria feminina. Por causa disso, murchei. Comecei a achar que qualquer uma das outras peças fosse ganhar.

Apesar de tudo, queria que minha turma vencesse. Foram tantos ensaios e tantos problemas, que só pelo fato de termos subido ao palco e de estarmos agora na quadra, merecíamos um prêmio.

— E a Melhor Peça vai para...
— *Rei Lear* — chutei para Mari.
— *Otelo, o mouro de Veneza*! — vibrou Cris.

Como assim?! A gente não ganhava Melhor Ator e Melhor Atriz, mas levava o primeiro lugar geral? Tinham somado certo aquelas notas?

Não consegui pensar em mais nada. Fui arrastada para a comemoração. Todo mundo pulando ao meu redor, agradecendo por eu ser quem era, pela minha dedicação na hora de dirigir a peça.

Em um abraço apertado, permiti que meu corpo vibrasse de alegria ao lado de Mari, de Diogo, de Fábio, de Cris e de Shakespeare. O troféu personalizado tinha uma caricatura dele.

Fazia tempo que eu não me sentia tão livre!

"A arte também salva vidas", pensei em meio à algazarra da vitória.

Valeu, Shakespeare!

E, nem meia hora depois, a quadra era fim de festa total.

A maioria dos alunos foi logo embora depois dos resultados. O pessoal da limpeza corriam para arrumar a quadra, o cenógrafo retirava as cortinas com uma facilidade absurda.

Cris perguntava por um objeto ou outro esquecido ou perdido, acumulando-os em uma ecobag gigante que alguém tinha deixado para trás.

Na saída da quadra, ela comemorou, erguendo o braço:
— Foi um sucesso!

Repetimos o gesto. Ao meu lado, Bia, Pietro e Luca.
— Vai ser dez? Vai ser dez? — perguntou o nosso Melhor Ator.
— Dez pra todo mundo!
— Aaaaaeeeee!!

Comemoramos. Não sei se era brincadeira ou não, mas que seria uma boa ideia, seria. Todo mundo se esforçou ao máximo, fizemos coisas além do que esperávamos de nós mesmos.

E, nós cinco, seguimos juntos em direção à portaria.

Bia apoiava Pietro, que pulava em uma perna só e ao mesmo tempo segurava uma cabeça de burro debaixo do braço. Nem tinha visto onde aquilo tinha sido usado. Deve ter sido na peça do 1º A, que perdi.

Luca erguia a caneca do prêmio de Melhor Ator em uma das mãos, como se fosse um troféu, e tentava abrir um dos bombons que veio dentro com a outra mão e a boca. Tão engraçadinho com a simplicidade dele...

Cris segurava a ecobag com um monte de troços saltando para fora.

Todos seguindo para a portaria, para o fim de ano, para o segundo ano, para o futuro.

— Ei, pessoal! — chamei. — Uma *selfie*!

Fazia tempo que eu não postava nada. Era hora de voltar a ser eu.

Cliquei algumas vezes para garantir. Conferi o resultado. E vi que, apesar de cansados, nossos olhos e sorrisos só faziam brilhar.

Este livro foi composto na fonte Fairfield e
impresso em papel pólen natural 80 g/m², na gráfica Corprint.
São Paulo, outubro de 2022.